마계

마계

윤의섭 시집

민음의 시 163

민음사

自序

들여다보면 마법의 세계다.

시를 쓰지 않아도 천지에 시가 자란다.

환상통은 아니다.

2010년 3월
윤의섭

차례

起源

사위가 어두워질 무렵 장대비는 더욱 거세졌다
이 거친 필법으로 잔잔하던 저수지는 들끓는다
산비탈을 따라 비는 계속해서 덧칠을 한다
길이 지워지고 숲이 갇힌다
그제야 풍경은 홀연히 살아나는 것이었다
뭉개진 얼굴로 물의 칼을 등에 꽂은 채
아니면 빗물을 다 받아 마실 듯한 기세로
하늘과의 경계가 지워진 산등성이가 꿈틀거리고
여명보다 희미한 눈을 뜬 폭포가 곳곳에서 피어오른다
푸른 어둠 속에서 낚시꾼들이 솟아나더니 흐느적거리며
빗속을 헤엄쳐 간다
저 魚族은 다음 비가 쏟아질 때에야 나타날 것이다
이정표에는 雲中路라고 씌어 있지만
더 이상의 표지는 없다
내게 비 내리기 전에 살았다는 흔적도 없다

안개 숲

나는 골짜기에 안개처럼 서 있다
사람을 무서워하지 않는 새 한 마리가 벌레를 찾고 있는
산그늘 속에서
새벽노을에 붉게 물든 구름을 바라보며 서 있다
이제 골짜기 끝에 놓여 있다는 바다로부터 푸른 해연풍
이 불어오면
나는 쫓기듯 심장 깊이 심어 놓은 백일홍을 피워 내야
한다
나를 사랑했던 자작나무는 허연 뿌리를 드러낸 채 말라
갈 것이다
가을은 이미 늙었다 귓불에 대고 여행 이야기를 전해
주던
가을은 화들짝 놀라 길을 나선다
서서히 흩어지며 사라지며
종말의 순간에는 내 안의 끝에 숨 쉬는 마지막 물방울
에 일생을 새겨야 한다
별빛이 담기거나
밤새 흐느끼는 숲의 울음이 고이기도 했다
부모를 부정하기도 했지만 사생아는 아니었다

한때는 늘어진 치마폭으로 물에 뜬 달을 품었고
한때는 납덩이 같은 낯빛으로 산길을 홀렸다
끝까지 움켜쥐고 있던 바위를 놓쳐 버린다
모든 飛翔은 이별이다
누군가는 안개 숲을 보았다 하겠지만
그건 흩어져 간 성운의 하얗게 센 머리카락쯤일 것이다

구름의 율법

파헤쳐 보면 슬픔이 근원이다
주어진 자유는 오직 부유
지상으로도 대기권 너머로도 이탈하지 못하는 궤도를
질주하다
끝없는 변신으로 지친 몸에 달콤한 휴식의 기억은 없다
석양의 붉은 해안을 거닐 때면 저주의 혈통에 대해 생
각해 본다
언제 가라앉지 않는 생을 달라고 구걸한 적 있던가
산마루에 핀 꽃향기와
계곡을 가로지르는 산새의 지저귐으로 때로 물들지만
비릿한 물 내음 뒤틀린 천둥소리의 본성은 바뀌지 않는다
다만 묵묵히 나아갈 뿐이다
한 떼의 무리가 텅 빈 초원을 찾아 떠나간 뒤
홀로 남겨진 자들은 뿔뿔이 흩어져
혹은 태양에 맞서다 죽어 가고 혹은
잊어버린 지상에서의 한때를 더듬다 희미한 미소를 지으
며 사라져 간다
현생은 차라리 구천이라 하고
너무 무거워도 너무 가벼워도 살지 못하는 중천이라 여

기고
    부박한 영혼의 뿌리엔 오늘도 별빛이 잠든다
    이번 여행은 오래전 예언된 것이다
    死地를 찾아간 코끼리처럼
    서녘으로 떠난 무리가 어디 깃들었는지는 아무도 모른다
    성소는 길 끝에 놓여 있다

바람의 냄새

이 바람의 냄새를 맡아 보라
어느 성소를 지나오며 품었던 곰팡내와
오랜 세월 거듭 부활하며 얻은 무덤 냄새를
달콤한 장미 향에서 누군가 마지막 숨에 머금었던 아직
따뜻한 미련까지
바람에게선 사라져 간 냄새도 있다
막다른 골목을 돌아서다 미처 챙기지 못한 그녀의 머리
내음
숲을 빠져나오다 문득 햇살에 잘려 나간 벤치의 추억
연붉은 노을 휩싸인 저녁
내 옆에 앉아 함께 먼 산을 바라보며 말없이 어깨를 안
아 주던 바람이
망각의 강에 침몰해 있던 깨진 냄새 한 조각을 끄집어낸다
이게 무언지 알겠느냐는 듯이
바람이 안고 다니던 멸망한 도시의 축축한 정원과
꽃잎처럼 수없이 박혀 있는, 이제는 다른 세상에 사는
아이들의 웃음소리와
전혀 가 본 적 없는 마을에서 피어나는 밥 짓는 냄새가
그런 알지도 못하는 기억들이 문득 문득 떠오를 때에도

도무지 이 바람이 전해 준 한 조각 내음의 발원지를 알
수 없다
먼 혹성에 천년 전 피었던 풀꽃 향이거나
다 잊은 줄 알았던 누군가의 살내거나
길을 나서는 바람의 뒷자락에선 말라붙은 낙엽 냄새가
흩날렸고
겨울이 시작되었다 이제 봄이 오기 전까지
저 바람은 빙벽 속에 자신만의 제국을 묻은 채 다시 죽
을 것이다

노을의 吼

저녁과 밤의 국경에 노을이라는 짐승이 산다
송장 같은 달이
미리 온 장의사처럼 멀찌감치서 맴돈다
노을은 비극이다

칠월의
여덟 시에 노을은 가장 붉게 타오른다 아니 가장 심하게
몸부림친다 온몸이 활활 타오르는 火魔가 타고난 운명이어
서 천상을 불사르고 인간계까지 번져 오다 서서히 사라져
가는 짐승은 반 시진을 살지 못한다 그러나 꿈틀거리는 근
육과 타오르는 갈기 이글거리는 죽음을 기억하라 짐승은
다시 광막한 서천의 끝으로부터 서서히 발을 디뎌 올지니

초로의
국경에 어느덧 들어선 것이다 언젠간 노을이 된다는 것
이다 때론 먹장구름에 갇혀 흐느끼는 소리 제 귀로만 들어
야 하고 상처에 흐르는 선혈 제 눈으로만 봐야 하고 속에
천불도 심장으로만 태워야 하는 날도 있다는 것이다 어떻
게든 우리를 벗어날 묘수가 보이지 않는 것이다 생매장은
혼자만의 일이 아니라는 거다

시바의

　황홀한 춤 생과 멸의 소용돌이 죽어 가는 짐승의 거친 숨소리 바람에 일제히 휩쓸리는 풀결 부끄러워 발개진 얼굴 지지 않는 꿈 순망한 눈동자 불이 꺼져서야 피어오르는 향연 나타라자의 군무 별의 탄생을 알리는 녹턴

　노을을 보러 일부러 옥상에 올라갈 때가 있습니다
　조금이라도 망설였다간 꼬리조차 보기 어렵습니다
　등살을 쓰다듬기도 하고 이마를 맞댄 채 어리광도 부려
봅니다
　가끔은 먼 달을 향해 울부짖습니다
　손끝에 노을을 묻히고 돌아오지만
　어디선가 또 다른 국경을 건너고 있을 발자국이 능선에
가늘게 빛납니다

　노을을 토할 때가 있습니다
　울컥합니다 불타지 않는데도
　이미 잿더미인 새끼를 낳은 적도 있습니다

魔界

책을 꺼내 들자
책장에 꽂혀 있는 다른 책들이 움찔 놀란다
구석에서 늙어 가던 잡지는 비명을 질러 댔다
이 책은 펼치지 말아야 한다

먼 길 떠나온 여행자처럼 지쳐 며칠을 잠들었다 깨어난
다 언제 켰는지 모를 형광등 불빛의 세례를 받으며 깨어난
다 그새 나는 사막을 거치지 말았어야 했다 바람을 마시
지 말았어야 했다 새벽 네 시에 홍차를 우려내거나 고독
해지고 있다 여전히 새벽 네 시에 거대한 비행기가 굉음을
울리며 날아간다 박물관의 유물치곤 아직 살아 있는 듯하
다 오늘 밤에 유성우가 쏟아진다고 했지만 소원은 잊어버
렸다

나는 다시 책장에 들어앉는다 내 안 어딘가에 한없이
푸른 지평선이 펼쳐져 있고 조금 더 넘기면 지금은 생몰한
첫 번째 달이 떠 있고 기화요초 가득한 정원이 씌어 있는
이 낙원은 아직 발견되어선 안 된다 밀교에 바치는 제물처
럼 영원한 침묵의 봉인 속에 묻혀 있어야 한다 지금은 때

가 아니다

　내가 바라보는 세상은 사각형의 벽면과 시간의 끝에 서
있는 희미한 그림자
　늘 먼지로 부서져 내리는 몸과 곧바로 사라지는 혼잣말
　겁에 질린 채 곤두선

石魚

계곡을 돌아 나온 바람 끝에 폭포 소리가 묻어 있다
예민해진 귀는 푸른 물빛을 느낀다

느지막한 휴일 오후에 걸려 온 전화의 목소리는 울고 있
었다
언제부터 외로웠느냐고 묻자 이번 생부턴 아니었을 거라며
수화기를 일 세기에 걸쳐 내려놓는다

물소리는 점점 커졌다
용케도 폭포가 메마를 철을 피해 찾아온 것이다
지난 가뭄에 다 말라붙었어도 물길은 지워지지 않아
사막의 와디 같은 산객들이 여기저기서 합류하고 있었다

그들은 계류를 따라 세워진 돌무더기에
돌멩이를 쌓으며 소원을 빈다
자신들의 운명을 타고난 별을 옮기는 중이다
사자자리 황소자리 처녀자리 물고기자리 물병자리가 지
상에 그려지고
돌탑이 높아질수록 소원은 하도 간절하여

별을 얹는 동안 한 생애가 흘러간다

그 후로 전화는 다시 오지 않았다 외로움과 고독의 차
이는 알리는 것과 알리지 않는다는 것에 있다 십 년을 헤
어져 있다가도 한 번 보고 나면 다시 십 년을 견딜 수 있
는 세속의 情理를 강요하고 싶지는 않다 아침마다 얼굴을
봐도 외롭기는 마찬가지니까 그럴 때가 있다 그런 날이면
나는 달을 주워 온다 달을 손바닥 위에 얹어 놓고 조금씩
사그라져 감쪽같이 사라질 때까지 바라보고 바라본다 가
끔은 엄한 자리에 달을 놓아주기도 한다 미끄러져 달아나
는 눈썹달의 지느러미가 흐릿하다 달을 들고 나는 울고 있
었던 것이다

폭포 아래 용소에 石魚가 산다는 소문은 내게 간신히
전해졌다
실은 물속에 시퍼런 돌덩이가 잠겨 있을 뿐이지만
흐르는 물살을 거슬러 石魚는 상류로 상류로 헤엄치고
있었다
수 세기를 거슬러 기원전으로

다시 제 나이만큼의 세월 건너 저 자리로 돌아와 외로
운 회향을 거듭하는
石魚
온통 푸른 눈물에 잠겨 있는
石魚

들풀의 연대

오늘 가을 풀밭 한가운데에 서 있게 될 거라고
언젠가 귓불에 속삭이던 너도 여기 살고 있을 것이다
흘러가는 구름 그림자에도 일제히 휘청거리는
만항재 들풀의 가냘픈 연대
밤이면 저마다 품었던 달을 향해 연모의 꽃을 피우다
한 줄기 풀잎 노랗게 시들어 가다
첫눈 내린 어느 한가로운 아침 몰살을 맞이하는
이 달의 뒷면 같은 불모지에 한 송이 들꽃처럼 서서
불면의 밤을 추억할 때가 있을 거라던 너는
슬픔의 기원을 알고 있었다
고원에 펼쳐진 생몰의 풍경은 일그러진 미소를 짓게 한다
그날 네가 귓불에 속삭인 말은 그리워질 거라는 저주였다
이제 곧 첫눈이 내린다
들풀의 비늘은 몸서리치며 곤두서기 시작한다
하늘을 날던 새들이 공중에 멈춰 있다

*

난 들꽃으로 피어나고 싶어
만항재 올라가는 길에서 누군가 중얼거린다

월출산경

바람에 휜 억새 잎은 산정에 곤두선 수천의 눈썹달이었다
달을 경작하는 중이라니
이맘때면 밤마다 하늘로 등 비늘 같은 달을 쏘아올리고
뼈만 남은 골산이었다
바람폭포를 보기 전만 해도 괜스레 다리품만 파는 거라고
어디 바다로 가다 멈춘 고래라도 보려느냐고 시덥지 않
았는데
물살이 빠른 폭포는 아예 멈춰 버린 것이었다
한 폭의 바람을 가두고 겨울로 질주하던 가을은 잠시
머뭇거린다
그렇게 허공을 걷는 것처럼 억새밭에 오르는 사이
수목한계선 키 작은 나무들 너머로 구름이 몰려와 간신
히 한나절 지난 줄 알고
도갑사쯤에 기웃거리는 등산객들 초로에 접어들고
멀리 바라보이는 산간 마을에선 군불 때는 연기 삼순 지
나 벌써 구순째 피어오른다
바람계곡에서 튀어나온 바람과 마주 서서 우린 순식간
에 바람의 나이를 알아챘다
누군가 잃어버리고 간 나이 다들 枯死한 줄 알지만

한 번 죽은 뒤 다시 잎새 돋아 하늘거리는 느티나무의
속세 나이
한때 바다였던 산 구릉에 머리를 기댄 채 고적한 해구
를 꿈꾸는 고래의 연대
달 하나 소멸하고 새 달 하나 생길 동안의 월력 모두 합
친 나이 말이다
하산하면 난 아마 죽어 있을 거라고 농을 건네며
달의 경작지를 거닐면
별자리를 따라온 뱃길이 그어지고
한결같이 떠오르는 기억이 있어 골몰했지만 아무도 무
언지 알 수 없었다

옛날이야기 : 잔혹사 편

여기 벼랑 끝 바위에 뿌리를 내린 채 굽고 비틀어진 노송
묘목 시절 잠시 머물다 간 바람이 백년 후 다시 오겠다
는 약속을 하고 떠난 뒤
이미 뒤틀리기 시작한 등걸
햇살이 내려앉을 때마다 자꾸만 돌아가는 허리 어쩔 수
없어 양지로만 가지를 뻗고
부드러운 흙살을 찾아가던 뿌리가 단단한 암벽이라도
만나면
하늘로만 향하던 몸은 다시 주저앉아 지평선으로 치달
아야 했다
노송이 뻗어 나갔어야 할 꼿꼿한 궤적은 애초부터 없었
던 것이다
오래된 송장을 먹고서는 아랫배가 불룩해졌다
어느 겨울 모진 눈보라를 겪고서는 등 비늘이 불거지고
생가지가 잘려 나간 자리엔 생사를 넘나들 정도의 블랙
홀 같은 옹이가 박혔다
죽어서야 평생 굽은 등 펴진다고 했던가
날마다 낭떠러지를 치고 올라오는 바람에 이리 휘고 저
리 휘이며

고원에 떨어지는 유성에 잠시 고개를 돌릴 때조차도
일그러진 四肢 고통을 고백하며 벼랑 끝에 새겨져 있다
이젠 결코 풀리지 않을 몸이다 이렇게 만들어 놓고
이렇게 굽이칠 줄 벌써 알고
가닿을 수 없는 달의 냄새를 가르쳐 주었겠지 백년 전에
살아서는 향할 수 없는 黃道로 떠난 거겠지
살집을 틀고 노송은 비틀려 죽은 바람 토막을 간간이 꺼
내 놓는다

국수집

말간 국수집 강릉 가는 길가에 갑자기 솟아난 섬처럼
놓여 있는
국수나무 바람에 잠깐씩 깨어나는 마당 인적 없어도
한방 가득 복작거리는 천지간 국수집
질긴 면발은 가장 늙은 지층에 뿌리를 내리고
하늘에선 국수비가 쏟아지는가
희뿌옇게 김 서린 유리창 너머
한입 가득 국수를 머금은 채 웃고 있는 사람
덩그렇게 앉아 있는 하얀 소복 국수사리
곧 폭설이 몰아칠 것이다

여기 와서야 넋 놓고 겨울 진경을 보자 했구나
동지섣달은 한그릇 말아 벌써 먹어 치웠어
길이 끊기겠지
한가닥 모질게 남은 면발이 아직 이어져 있는 것도 같아
선한 눈매가 지워지지 않은 얼굴이었다
오랜만이지

누가 어디 다녀왔느냐길래

소스라치게 놀란다
바람이 한꺼풀 걷혔지만 설산은 그대로였고
말간 국물에 한소끔 먹먹히 잠겨 있는 저녁나절

남해 구름

폭우가 몰아칠 거라는 일기예보는 무시하고
영감이 다 빠져나간 몸을 남해 한 암자에 옮겨 놓았다
두꺼운 구름이 산비탈을 넘어간다
다만 구름 그림자만이 높은 산 나무들의 생장점을 즈려
밟을 수 있다
고성 어느 바위에는 공룡 발자국이 남아 있다는데
구름 그림자 지나간 자리마다 숲은 동백꽃을 피워 낸다
말하자면 저 거대한 물혹은 노구를 이끌고 하늘을 산책
하다
몸이 산산조각 나서야 지상에 내려오는 종족이다
노을 탓인지 아까부터 산허리에 머뭇거리는 분홍 구름
은 너무나 수줍었다
가까이 가 볼라치면 슬쩍 숲 사이로 휘감기는 것이었다

　　남해에 와서 분홍 화장 짙은 그녀를 본다 나와
　그녀 사이에 비가 내린다 비와 비 사이에선 꽃이
　피고 진다 사계가 흐른다 그러는 사이에도 나와
　그녀 사이엔 비가 내린다

몸은 더 텅 비어 산산이 흩어지고
내가 내려가고 있는지 암자가 절로 떠나가는지
비탈을 내려오는 발길 쫓아 등 뒤에서는 비꽃이 피어나
고 있었다

잉글리시 애프터눈

비구름은 몇 날을 머물러 있다
창밖의 여린 나무와 눈이 마주친다
내 고독을 파고드는 저 나무

그는 아직 도착하지 않았다
지금 길을 나섰다면 이미 일생이 흐른 것이다
카페 주인이 걸어 놓은 음반을 따라 성궤는 한없이 맴돈다

언제부터 저 나무를 전별하고 있었던 걸까
다향이 다 우러나도록 비는 내리고 또 내리는데
언제부터 나는 앉아 있었던 걸까
이 여행은 도대체 시작이라도 있었는가 말이다
그러니 나를 바라보는 저 가녀린 나무는 신목이다
모든 생장점을 닫고 고사 중인

낯선 오후 그는 아직 도착하지 않았다 기다리지 말라고
말끝을 흐리긴 했지만 그건 영원마저 기다려 달라는 소리
였다 그의 슬픈 얼굴을 본 적은 없다 그의 미소를 본 적도
없다 그가 건너오는 전생을 그가 무겁게 끌고 오는 지평선

을 내가 기다리는 건 그가 아닐지 모른다 내가 떠날 시간
을 기다리거나 비가 그치길 기다리거나 창밖을 보니 나무
는 이미 떠나고 없다 아무도 다니지 않는 거리 모두 사라
진 지구에서 퇴적층처럼 고요히 묻혀 가는 오후

카페에 들어서자
처음 보는 주인이 두고 간 게 있느냐고 물어본다
그냥
누군가 금방 일어선 듯한 의자에 앉아 기다리기로 한다

터미널

직행버스는 서서히 터미널로 진입했다
가을걷이 끝난 황량한 들판에서 혼자 올라탄 버스 안에는
승객 서넛이 누런 저녁 햇살에 덮여 잠들어 있었다
내릴 곳은 이미 정해졌고 다만 도착 시간이 약간 어긋날
뿐이었다
터미널에 정차한 수많은 노선의 버스는
차례를 기다리는 경주마처럼 조금은 긴장해 보인다
방금 내장을 비워 낸 낡은 버스의 갸르릉거리는 숨소리
가 창틈으로 들려온다
승차 대기실에 켜 놓은 텔레비전에선
연신 생명보험 가입 광고가 흘러나오고
매표소에 앉아 있는 무료한 여직원은
소리 구멍 뚫린 유리창 너머 쏟아지는 은행나무 잎을
바라본다
겨울로 가는 승차권이 저렇게 매진되고 있다
해남에서 진주에서 포항에서 속초에서
올라온 버스들이 터미널에 머리를 박고는 잠깐이나마
숨이 멎는다
먼 길을 떠나왔고 다시 먼 길을 떠나려면

쌓인 여로는 죽은 자의 기억인 듯 묻어 버려야 하는 것
이다
태어난 곳을 다시 찾아오는 연어처럼 버스는 터미널로
간다
햇살 받으며 터미널에 줄지어 선 버스의 가지런한 등 비늘
터미널은 품 안에 들어온 모든 새끼들의 일생을 점지해
준다

오르골

어두운 밤의 공중에 켜켜이
늦은 귀가로 듬성듬성 이빨 빠진 채 불이 켜진
아파트 베란다를 거친 혓바닥으로 핥고 가는 겨울바람
오늘 밤의 음악은 참으로 쓸쓸한 화음을 낸다
집집마다 텔레비전 소리 부부 싸움 소리
아이들 뛰놀고 변기 물이 내려가고 보일러 돌아가는 연
주 사이로
조용히 잠드는 목관 악기 숨넘어가는 금관 악기 뒤섞여
다만 가냘픈 음조만 괴기스런 몰골에서 흘러나온다
발치엔 안개가 찾아들고 몇 년 만에 가장 가까이 여행
온 금성이 머리맡에 떠 있는데
국도 변에 조등을 내건 음악상자는 나그네를 위한 노래
는 들려주지 않는다
그나마 때늦은 저녁 차리느라 켜 놓은 어느 부엌 불빛만
외눈박이 거인의 지친 눈동자 모양 희미하게 흔들리고
사람 살아가며 내는 노랫가락도 점차 잦아들면
서늘한 달빛 한없이 꺼져 들어간 깊은 골을 어루만지거나
쌓인 빚더미처럼 치솟은 고개를 넘어갈 때마다
영원히 잠들어 버릴 것 같은 자장가 새 나온다

차갑게 식은 곤로
시커멓게 그을린 성곽의 태엽이 다 풀릴 때까지

魔法

안개나무에 손을 대자 잎이 돋고 꽃이 피고 단풍 들더
니 곧 낙엽이 진다 봄부터 겨울이 안개 흐르듯 흘러간다

달 표면에 줄 지어 날아가던 철새들은 갑자기 행로를 바
꾼다 넋을 잃고 바라볼 뿐인데 철새들이 사라져 간다 철새
들은 달에 가서 묻힌다

아침에 일어나 한결 가까워진 하늘을 보고 안녕이라고
말하자 어디선가 구름이 몰려와 비가 내리고 무지개가 뜬
다 우연이라고 하지 말자

당신은 언젠가 환한 窓에서 슬픈 노래가 들린다고 말했
다 평생을 살아온 방의 벽에선 붉은 피가 흐른다고 말했다
그리하여 감옥 같은 집은 생물이 되어 갔다 탈출에 성공하
지 못한 채 주문을 외우는 당신

며칠 동안 시끄러웠던 도로 공사가 끝나고 새로 단장한
보도블록이 언덕 너머로 뻗어 있다 도로시처럼 이 황금 길
을 따라가자 어느새 머리카락이 길게 땋을 수 있을 만큼
하얗게 자랐다

인공 무지개

약국이 문을 닫고 건너 동네로 옮겨 가자
기다렸다는 듯이 들어선 건 우동집과 술집이었다
동네에 없을 법한 업종을 골라 재빠르게 신장개업하는
안목을 보여 준 모닝마트 사장이
작년에 내놓고 아직까지 비어 있던 가게 터에도
바로 옆 갈비구이집 할머니가 병천순대 간판을 내걸었다
메뚜기처럼 건너뛰는 새 간판들이
하루저녁마다 화려한 불을 밝히고
골목마다 늘어진 감사세일 개업인사 현수막은
을씨년스런 겨울바람에 지쳐 밤새 앓는 소리를 냈다
계절에 어울리지 않게 오후 햇살이 포근해지면
큰길 건너 공원에 만들어진 인공 폭포가 한두 차례 쏟
아지곤 했다
무지개 모양으로 걸쳐진 육교를 운동 삼아 오가며
주민들은 스피커에서 흘러나오는 무지개 너머 어느 곳에
라고 번역되는 노래를 귀가 따갑게 듣는다 온종일
듣다 보면 동네 간판이 몽땅 빛을 발하는 초저녁
요즘엔 무지개 보기가 어렵다고 딸에게 말해 주는 사이
형형색색 새 간판이 옥상에 걸리고 있었다

連夜

　아직 달빛의 체온이 가시지 않은 이슬을 머금고 꽃이 피어 있다 어제부터 또는 한 계절 내내 피어 있다 그사이 꽃을 사랑했던 늙은 꿀벌 한 마리 죽었을 것이고 수명을 다해 사라져 간 별도 있을 것이다 그리 슬픈 일은 아니다 죽어 간 것들의 연대기는 오래 기억되지 않는다

　간밤에는 그지없이 많은 별을 보고 왔다 십일월의 지상에도 메마른 낙엽이 그지없이 나뒹군다 낙엽이 별의 궤도를 따른다고 생각하지는 않는다 다만 살아가는 동안 몇 번의 생과 사를 겪는가에 대해 문득 소름 끼칠 때가 있는 것이다 그 순간조차 숨을 쉬고 있다니

　피의 기록 아이누의 구비 서사시 고대 부족의 천년 이야기 전쟁과 음모와 영웅의 최후와 멸망이 휩쓸고 지나간 시간은 겨우 한나절이다 몇 명의 일생을 기억하고 있는지 언제까지 기억될 수 있는지 따져 볼 일은 아니다 우연히 이 오래된 책갈피에서 발견한 낡은 사진 한 장을 들여다보며 나는 또 얼마나 오래 살고 있으며 그 순간에도 태양을 그리워하던 화초가 노랗게 말라 죽었고 서너 명의 知友가 세

상을 등졌으며 내 안에서도 죽어 간 영혼이 있다는 것을
알게 된 그 순간에도 무엇이 그리도 무서웠던 걸까 사진
속에서 나는 왜 웃고 있는 것일까

나는 저주다 나를 알아보는 누군가는 이미 제 종족의
마지막 후예다 나는 추억이다 그렇듯 꽃은 지지 않고
낙엽은 여전히 별의 운행을 따른다

주문

손님이 메뉴를 고르는 사이

그녀는 침착하게 손님의 입에서 흘러나올 주문을 기다
린다

메뉴판을 짚어 가며 손님은 그날의 만찬을 기대하는 눈
빛으로 음식을 주문한다

주방으로 향하면서 그녀는 늘 그렇듯 주문을 왼다

싱가폴슬링 크림슾 닭고기샐러드 구운감자 연어스테이
크 중얼거리며

계속 중얼거리며 주문을 왼다 디저트는 디저트는

창밖 가로등 위로 초승달이 떴다

오늘의 디저트는 초승달 한 조각

그녀가 주문을 외자 식당 손님들은

접시에 놓인 초승달 조각을 잘라 먹을 수 있었다 배를
불릴 수 있었다

이른 새벽 퇴근길에 그녀는 가로등 아래에서 택시를 기
다린다

정작은 자신을 집으로 데려다 줄 택시라는 주문을 외치
진 않고

이미 사라져 버린 초승달 떠 있던 자리만 바라본다

언젠가 남아 있는 주문을 다 외고 나면

입에 반쯤 걸린 초승달이고 은하수고 꿈이고 영혼이고
다 쏟아 내면

조금 추운지 그녀는 구두 굽을 두어 번 부딪친다

갑자기 바람이 잔잔해지는가 싶었지만 여전히 제자리다

어려서부터 주문이 통하지 않는 날이 더 많긴 했다

꽃잠

이번 주유가 조금이라도 멀리 가기 위한 마지막 수혈이다
흰 뼈가 솟아오른 듯
들판에 곤두선 자작나무들이 수군거린다
한적한 국도에서 주유를 마치고 다시 나서는 길
해가 진 하늘은 노랗게 질려 가고
숲은 낙엽 대신 검은 깃털을 쏟아 낸다
산모퉁이를 돌아선 길은 어디로든 향해 있지 않다

그러는 사이에도 계절은 흘러갔다 아무리 따져 봐도 내
기억은 조작된 적이 없는데
　벌써 한 계절 내내 잠을 이루지 못하고 있는데 새벽마다
같은 꿈을 끄집어내고는
　똑같은 꿈을 꾸며 하루를 보낸다 조금 있으면 창틈으로
햇살이 비친다
　문을 나서면 옆집 문이 열리고 한 남자와 어색한 인사
를 나눈다 오후에 나는
　음료수를 들고 벤치에 앉는다 그러는 사이에도 꽃은 피
어나고 바람은 사방에서 몰아쳤다
　누군가 내게 안색이 안 좋다고 말한다 얼굴이 기억나지

않는다
　그러는 사이에도 보름달의 귀퉁이는 문드러지고 있었다
또 전화가 걸려 온다
　음습한 술집에 불려 나가 백일몽처럼 무언가 중얼거리다
들어온다

　봉긋 솟은 언덕에 사람을 처음 보는 꽃들이 무더기로
피어 있다
　깔깔거리다 인기척에 숨을 죽인다

　노오란 하늘 아래 나와 꽃만 마주 보는 중이다
　꽃은 조용히 머리부터 먹기 시작한다

소름

벚꽃이 만개하자 그 가족은 어김없이 나타났다
꾸물거리며 슬슬 벚나무 아래 서서 오랜만에 기념사진
도 찍고
이제 막 꽃핀 민들레 주위를 맴도는
봄바람의 목을 잡아채곤 즐거워하다
새삼 주위를 둘러본다
하루가 다 지나갈 무렵
몇 계절을 건너뛴 듯 그 가족이 나타나자
사람들은 아주 느리게 움직이기 시작했다
목련 아래 세워 둔 유모차에 꽃잎이 떨어져 봉분이 솟고
풍선을 날려 버린 아이가 늙은 여자에게 달려가고
돗자리에 누워 세상모르고 잠든 남자는 아마 내년 봄에
야 깨어날 것이다
공원 구석에 새로 심은 나무는 나무 도감에도 이름이
없다
산책로 코스를 바꿔 놓아 다시는 되돌아올 수 없는 길
을 들어서도
상춘객들은 깔깔거리며 꽃구경을 멈추지 않는다
그 가족은 혹시나 해서 사람들 사이를 헤집고 다녀 본다

음습한 꽃향기가 사방에 번져 있었지만
사람 냄새는 나지 않는다
그제야 믿겨지는 듯 막내는
온몸에 돋은 소름을 벚꽃 잎처럼 훑어 내렸다

구름터널

비가 내린다 늘 흐리거나 비가 내린다
나무에선 열매 대신 눈물 구슬만 한 빗방울이 맺힌다
빗방울을 베어 먹으면 낙엽 냄새가 난다
지층을 꿰뚫고 흘러내린 탓이다
언제부턴가 살 내음을 맡으면 나무뿌리 냄새가 풍겼다
따사로운 햇살의 추억을 간직했던 이주민은 곧바로 치매
에 걸리고
　그렇게 시름시름 앓다 영안실에 안치되고선 구름 속에
묻힌다
　가끔은 사상 최악이라는 태풍이 몰려왔지만 터널은 지
워지지 않는다
　다만 출구가 어딘가로 바뀌었을 거라는 추측만 무성한 채
갈 길이 막막해질 때면
탑처럼 쌓인 積雲을 향해 기도를 올리거나
굴뚝으로 인공 구름을 만들어 공양을 올린다
그러나 새들은 언제나 낮게 날고
　저 출구의 소실점을 향해 치달리는 영혼은 너무나 축축
하다
　아무도 터널을 빠져나갔다는 이야기는 듣지 못했다

발밑에서 경적 소리가 들린다는 소문은 환청일 거라고
비웃었지만
다들 구름에 갇힌 나무처럼 하얗게 질린 지 오래다

생향

잘린 지 얼마 안 된 듯한 생나무
한 번도 맡아 본 적 없는 나무 향이 허리 잘린 밑동 아
래에 고여 있다

손가락이라도 베어 피가 흐르면
침통한 비린내 우두커니 서 있다 어디론가 미끄러져 가고
향수병 마개를 열면
안에 갇혔던 향내가 숨을 헉헉거리며 솟아 나온다

그렇게 질식시켜야 되살아날 수 있는 것이다
혹은 묵었던 몸이 죽어야만 세상에 나타나는 냄새가 있다

듣자 하니 영혼의 냄새는 기억의 냄새와 닮았다는데

너한테 빌린 책을 읽는 내내 곰팡내가 나더라
어떤 페이지에선 비누 향이 나기도 하고
글자에서도 똥오줌 구정물 하수구라는
글자에서도

나무 밑동에선 아직도 생향이 뿜어져 나온다
제가 내뱉은 향기에 담겨 이제 오랫동안 풍장될 것이다

풍요로웠을 나무 밑동에 영정처럼 책을 펼쳐 놓는다

無邊界

언제고 누군가는 나를 기억할 것이다
그 순간 나는 온전히 죽는다

1 니르바나 식물원

꽃은 중얼거린다
바람에 간들거리며 아침나절부터 중언부언이다

　　병들지 않았어 나비 한 마리 날아들지 않았다고 해도 난
　　멀쩡한 몸이야 미치지도 않았어 아무도 거들떠보지 않
　　고 지나쳤지만 내게 문제가 있는 건 아냐 내가 잘못한 것
　　일까 피어나지도 말았어야 하는 걸까 너무 일찍 피었나
　　　　　　　　　　　　　　　죽었나 이미 죽었나

그건 꽃들이 하늘을 향해 독경을 하는 풍경이었다
그들은 넋이 나갔거나
길 떠날 채비 중이었다
어쩌면 화창한 가을 때문이다

가시덩굴은 따사로운 햇살을 친친 감아 오르고
나뭇가지는 감미로운 달빛의 머리카락을 닮아 하염없이
흐느적거렸다
그들은 오랜만에 만개하였고
식물원이 주는 물과 식사에 배불렀으며
예쁘게 꾸민 울타리 안에서 기름질만큼 기름졌다

　　　　그러므로 꽃으로 망명하기엔 너무 늦은 것이다

2 샬롬

모퉁이를 돌아서면 공중전화다
전화를 걸면
수화기로 들려오는 목소리의 발원지는 그제야 생겨난 것
이다
저 너머 어딘가에 나와 동시에 발 딛고 선 무변의 영토
한 번도 가 본 적 없는 그곳에도 달이 떴을까
나는 달나라 계수나무를 바라본다

너는 토끼가 보인다고 말한다
나는 달무리가 보인다고 말한다 너는
어제 보았다고 말한다
다시 전화를 건다
전화번호를 누를 때마다 숲이 피어나고 산이 솟아오르고
0 하나에 별 하나 1 하나에 우주 하나
나는 소식을 전해 준다

오늘은 꽃들이 꼿꼿이 서서 열반에 들더군

3 風經

언덕에 앉아 지나가는 바람을 읽고 있습니다
홀연 서늘한 기운이 느껴지는 바람이 저 멀리서 오길래
유심히도 쳐다보았습니다
바람의 갈피에는 시베리아 출판이라고 써 있습니다
너무 빠르게 지나가는 바람에 다 읽지는 못했습니다
마지막에 본 문장은 꽤나 난해했습니다

북구의 동토에 자생하는 형이상학적 바람이 있다는 소
문을 들은 적은 있습니다
조금 가볍고 유쾌한 바람은 없나 싶어
나무 그늘 아래로 자리를 옮겼습니다
마침 햇살을 피해 나뭇잎 사이로 스며드는 바람이 있습
니다
나는 눈을 박고 술술 읽어 댑니다
이 바람은 여행을 많이 한 늙은 바람이었습니다
온통 구수한 얘깃거리투성이였습니다
그중 한 토막은 이렇습니다

나는 많은 섬을 돌아다녔다

그린란드 수마트라 뉴질랜드 북도 루손

아일랜드 혼슈 크레타 민다나오

테즈메니아 엘즈미어 아틀란티스 무어

이 대목에서 이 바람은 도대체 몇 살일까 궁금했습니다
갑자기 까르르거리며 어린 바람들이 한꺼번에 몰아쳤습
니다

알 수 없는 언어로 가득 채워진 바람들이었습니다
이천이백육 년 출판 제목 바람을 읽어 주는 꽃
첫 페이지는 한 사람이 나무 그늘 아래에 앉아 있는 삽
화였습니다

4 眞空 – 無邊界에 서다

아마 이럴 때가 있을 것이다

어느 가을 촉촉이 젖은 오후에 노란 은행나무 아래를 걷다
불현듯 잊었던 고향 집이 떠오른다
주렁주렁 매달린 은행을 따려고 가지를 쳐 대면
어느덧 수북이 쌓이는 은행잎에 따사로운 가을 햇살이 물들고
툇문을 열고 나오신 젊은 어머니
소쿠리에 은행 알 담는 고운 손가락이 그립다

이럴 때가 있을 것이다
그렇게 기억이 나는 순간 지금 당신이 살게 된 것이다

당신은 점멸하는 기억 속에 살고 있다
돌이켜 보면 얼마나 짧게 피고 지는 나날인가

청동절규

오랑우탄은 구경꾼들이 던져 준 과자를 쳐다보지도 않
는다
짐짓 하품을 하며 잊어져 가는 아프리카의 밀림인 듯
기나긴 권태를 감염시키며 낄낄거리는 구경꾼들을 힐끗
거린다
놀이 공원 광장 한복판에선 요란한 고적대가 절도 있는
몸매를 뽐내며
지나간다 갑자기 먹먹해지는 행진 속으로 한 아이가 뛰
어든다
겁먹은 아이 눈동자를 지켜보며 오랑우탄은 히죽거리며
분명히 웃었다
산등성이 리프트에 초저녁 달이 낮은 음계를 밟으며 굴
러간다
리프트에 실려 간 사람들은 노을 지는 타워 너머로 사
라져 간다
오늘은 사정상 공연이 없다는 안내 방송이
경쾌한 클래식 사이로 간간이 새어 나오는 돌고래 공연장
반질거리는 벽에는 늘씬한 조련사 위로 반달처럼 떠 있
는 돌고래 그림이 그려졌다

페인트 색이 바래고 얼굴이 뭉그러진 채 공중을 보고 있
던 조련사가
문득 내게로 얼굴을 돌리더니 경악을 하며 비명을 지른다
동시에 오랑우탄은 철창을 부여잡고 괴성을 지르고
악기를 집어 던진 채 고적대 여자들 절규하기 시작한다
어느새 노을 무너지고 연푸른 땅거미가 뒤덮은 화폭을
뚫고 나오다 못해 오들두들 굳어 버린 숨줄 따는 소리
어울리지 않는 배경 음악처럼
고적대 행렬을 따르던 광대는 아코디언을 연주하는
중이었다

소리 없는 폭포

다른 꽃은 없느냐고 묻자
화원 주인은 따라오라며 비닐하우스 안으로 들어갔다
훅 끼치는 열기에 차오른 안경의 습기가 지워지면서
물봉선 치자 원추리 이름을 알 수 없는 꽃나무가 눈앞
에 펼쳐졌다
주인장은 어디론가 사라져 보이지 않고
점점 깊숙이 들어갈수록 봄 여름 가을 겨울이 한꺼번에
피어난
좁은 길 헤치며 들어갈수록
머리보다 큰 꽃 앞에서 넋을 잃고 서 있던 어린 시절 퍼
뜩 떠오르다가
어느 빈소에 바치던 국화 한 송이와 함께 잊어버린 영정
이 설핏 비치다가
세상의 모든 꽃을 암수 한 쌍씩 먹어 버린 이 흰고래의
배 속
애당초 찾고 있던 꽃이 무엇이었는지 떠오르질 않는다
태양이 사라진 백야의 터널 별유천지비인간계를 헤매는데
구석진 자리에 피어 있는 죽은 꽃 오래 기다렸다는 듯
이 숙인 꽃송이를 든다

꽃 앞에 얼어붙은 듯 서 있는 나는 서서히 녹아내리는
폭포였다
밑도 끝도 없이 영원히 흐느껴 내리는 눈물이었다
들린다고 말하지 마라
무섭다고 말하지 마라
짓물러 쏟아져 내리는 이 속내를 들여다보라
나는 누군가를 기다리며 수수 계절 피어 있을 것이다
그날 화원 바깥으로 나온 기억이 없다

해안으로 가는 먼 길

한밤중의 국도 주검처럼 서 있는 가로수
전조등 비치는 만큼의 가시거리 너머 단단하게 아문 어
둠의 터널
현생을 빨아들이는 저 끝없는 궁륭

1
길 가는 내내 비가 내린다
한걸음 내디딜 때마다 뒤에서 철창 닫히듯 내리 꽂힌다
되돌아가는 길은 몇 번이고 마감된 것이다
절벽에 몰린 양들은 떼 지어 바다로 뛰어든다
바다 위로 비는 하염없이 셔터를 내린다

2
휴게소에선 잠깐 잠이 든다
신나는 트로트 소리 아득히 들려오고
안내 방송은 봄나들이 나온 관광버스에 어서 오르라고
성화다
누군가 차 안을 들여다보곤 가 버린다
곤한 잠결에 잊었던 고향집으로 향하는 꿈까지 꾸다

퍼뜩 눈을 뜬다
누군가 다가와 차 안을 깊게 바라본다
안내 방송은 봄나들이 나온 관광버스 사라진 승객 명단
을 부른다
신나는 트로트 소리 들리지 않는다
내가 아는 시절이 아니다

3
해안에 이르러 사람들은 한결같이 수평선을 바라본다
수평선과 눈길을 맞추려고 애쓰다
이내 질질 끌고 왔던 속내와 마주 대한다
어떤 이는 파도 소리 같은 고함을 질렀고
어떤 이는 퍼렇게 멍든 바다를 토해 냈다
그때마다 달은 점점 부풀어 올랐다
수평선 위로 달이 굴러 간다
저 희멀건 덩어리 늘 이 행성을 맴돈다

4
모래 언덕 위에 키 작은 나무가 서 있다

가끔씩 바람에 가지를 떨기도 하고
고운 꽃송이도 매달려 있어 건드려 보니
툭 목이 떨어진다
소금바람에 나무는 꼿꼿이 선 채 말라 죽은 것이다
네게 무슨 일이 있었던 거냐
나무는 다시 한 번 바람에 가지를 떤다

해안에 도착해 보니 그제야 해안이 생겨난다
내겐 무슨 일이 일어나고 있을까

魔力

아프지 않은데 눈이 온다
슬프지 않은데 꽃을 피우는 蘭도 있다
처연하게 노을 지거나
부른 적 없는데 달이 뜨는 날도 있다
하마터면 마른 낙엽 이리저리 몰고 다니는 바람길 따라
간신히 그어진 지방도 깊숙이 사라져 갈 뻔도 했다

보고 싶은데
결코 나타나지 않는 풍경도 있다
풍경 속에 잠든 사람도 마찬가지다

오늘은 벽에 걸린 거대한 사진 액자를 종일 바라보고 섰다
부서진 기와 조각이 역광을 받아 빛나는
지금은 저 잿빛 갯벌이 추억하고 있을 소금 창고의 잔해가
벽 앞에 서 있는 잔해를 마주 보고 웃는다
멀리서 해연풍이 불어왔다
눈이 오는데 아프지 않다
긴 추억의 시작이다

花界

여느 아침처럼 흉흉한 꿈을 꾸고 일어나
반투명 유리창을 열어 놓는다
기다렸다는 듯이 햇살이 쏟아져 들어온다

꿈은 늘 언덕 위로 올라가다 끊긴다
어제는 종일 꽃구경을 한 탓인지
언덕 너머에서 꽃 내음이 실려 오기까지 했지만

여느 아침처럼 햇살을 등지고 거실로 향하는 사이
왜 언덕에 서 있어야 했는지는 다 잊어진다

오전 일곱 시 베란다 커튼을 젖히고 하늘을 내다본다
엊저녁 먼 산에 걸려 있던 구름 덩어리가 무슨 계시인
듯 코앞에 떠 있다

묵묵히 서재로 돌아선다
잠을 설쳐 허리가 결렸지만 돌이킬 순 없다
발길을 멈추고 체중계에 올라간다 눈금은
조금도 움직이지 않는다

문득 고개를 들어 보니 꽃무늬 벽지에 그림자가 서 있다
가늘고 구부정한 줄기에 커다란 꽃송이가 무겁게 얹혀
있다

하루 종일 꽃은 집 안을 배회한다
꽃은 두어 덩이 밥을 먹고 쓸쓸히 설거지를 한다
소파에 앉아 잠깐 졸다
눈가에 맺힌 이슬을 슬쩍 훔친다

여느 밤처럼 누워 꽃은 잠을 청한다
언덕이 나타난다

빅립

—20억 년 뒤 우주는 산산조각 나 찢어져 나간다. 빅
립(big rip)발생 6000만 년 전에는 은하가 해체되고, 석
달 전에는 태양계에서 행성이 떨어져 나가며, 30분 전에
는 지구가 폭발하고, 마지막 순간에는 원자마저 조각난다.
—로버트 칼드웰

하나씩 먹으라 하고 외할머니
토마토 주스 병과 베지밀을 차곡차곡 쌓고는
여러 가닥이 꼬인 링거 줄을 가지런히 고른다
눈을 지그시 감고 모로 쓰러져 누운 와불
이미 말라 죽은 고목에 흘러드는 수액은
어디에서도 걸러지지 않은 채 그대로 빠져나오는 거였다
암에 걸린 위장은 몸을 떠나 행방을 모르고
다음은 췌장 차례라지만 아무도 들어낼 엄두를 내지 못
했다
금식은 울렁증으로 공복을 채워 주었다
빨대를 타고 올라오는 베지밀처럼
허여멀건 액체가 관을 타고 외할머니 팔 속으로 스며들
었다
밤하늘에선 정수리까지 다가왔던 별들이 멀어져 간다
외할머니 몸도 이제는 제자리를 찾아 흩어져 갈 것이다
병상 밑에는 신발이 곱게 코를 맞춰 놓여 있는데

동전을 넣어야 나오는 시한부 텔레비전에선 즐겨 보던
드라마가 나오고
    종말을 모르는 아이들은 이리저리 병실을 휘젓고
    가을 달은 산등성이를 굴러가다 넘어진다
    귀를 기울이고는 살짝 미소 짓는 외할머니
    내게서 점점 떨어져 나가는 저 환한 유성

후미등

늙은 바람을 먹고 처마에 달린 풍경은 녹슬어 갔다
길에 늘어선 은행나무는 노을을 머금고는 산산이 부서
져 내렸다
웅크린 암릉이 속살을 드러낼 때까지 바다는 씁쓸한 소
금으로 남았으리라
검푸른 하늘을 품고 누대는 휘청인다
계곡을 기어오르는 안개가 끝내 이 산사를 집어삼키면
별빛보다 고요한 적막이 느닷없이 저녁나절을 뒤덮으면

멀리 달이 떠나가고 있다
뒤처져 오다 어느새 앞질러 가는 서러운 소실점
따라오라고 따라와야 한다고 돌아보지도 않은 채

누군가는 아직도 산사에 오르는 중일 것이다
달을 먹고
달을 싸고

라디오를 켜고

노래를 흥얼거린다
전생에 라디오였던 사람
벤치에 앉아
알 수 없는 음조를 흘린다

다른 생의 주파수가 걸릴 때까지
노래는 계속 흘러나온다
비가 내리기 시작하자
소란한 빗소리에 자꾸만 끊기는
그러다 영원히 지직거리는 소음으로 죽어 가는

포스트잇처럼 노란 은행잎이 하루의 갈피마다 꽂혀 있지만
추모해야 할 일은 어디에도 없었다
벤치에서 일어난 바람은 몇 걸음 가지 못해 쓰러진다
축 처진 깃발은 어떤 屍布보다도 비애롭다
서서히 번져 가는 적요의 마비

간신히 켜 있는 라디오

무반주 첼로를 켜는 나무

늘 다니는 산책 길에 보던 늙은 가로수 밑동이 잘려 나
간 걸 발견했을 때
언제부턴가 한 움큼씩 빠지는 내 머리카락과
오십견이라 불리는 어깨의 통증이 더럭 겁나기 시작하고
오래 앉았다 일어서면 뻣뻣한 무릎이 저리는 게
이렇게 식물에 가까워 가는구나 비로소 고백을 하지만
아직 인간다움을 증명하는 말이라도 내뱉을 수 있다면
모를까
내 혀끝에서 나오는 소리는 이미 이파리의 언어다
사실은 바람결을 따라 움직이는 떨림일 뿐이다
하긴 미래보다 추억과 친해져 좋을 때도 있다
옹이처럼 박혀 있던 잊어 버린 얼굴이 떠오르거나
잘려 나간 삭정이 같은 첫사랑이 그리워지는 순간은
한자리에 뿌리내리고 일생을 살아 내는 나무가 아니고
서는
찬찬히 음미할 수 없으리
내게서 모든 잔가지가 떨어져 나가고
오로지 뿌리부터 생장점까지 이어진 관만 남을 때까지
눈앞에 펼쳐졌다 종말을 맞이하는

복덕방 로마 빵집 분식집 이층집 비포장도로
사라진 별자리 먼저 가 버린 나무 인간들
이제 일상에 지친 눈으로 저녁놀을 바라볼 때쯤
사람들은 가로수 잘려 나간 밑동 위에 신기루처럼 서 있
는 나무를 발견할 것이다
바람이 불면
텅 빈 관 속의 이야기를 꺼내 놓는 이 밋밋한 독주를

名盤

시낭 운동장 바깥 트랙을 달리던 그는
갑자기 안쪽 트랙으로 차원 이동을 한다

순간 레코드에 바늘 긁히는 소리, 음악이 바뀐다

그는 맨 끝 트랙을 광속으로 돌고 있다
어두워질 무렵 그가 사라졌지만 아무도 눈치채지 못한다
꽃잎이 되어 돌아와 트랙을 이리저리 나뒹군다

바늘이 긁어 놓은 궤적을 따라 돌다 보면
다 거치지 않고도 어느새 마지막 트랙이다

다음 날 홀연히 나타난 그는 트랙 한가운데에 우두커니
멈춰서 있다

너는 도대체 어떤 삶을 산 것이냐 소리쳤지만
해적판이라도 구해다 외우다시피 듣곤 하던 레코드처럼
지직거릴 뿐이었다
그에게 몇 년이 흘렀나

트랙 위에는 때 되면 나타나 각자의 좌표대로 떠도는 행
성들이 있다

탁상 위의 수평선

어느 남국의 바다 사진이 탁상 달력에 펼쳐져 있다
야자수 몇 그루 국적을 알 수 없는 손바닥만 한 섬에 서
성이고
멀리 둥근 달이 보인다
하늘과 똑같은 색깔로 붙어 있는 수평선이
문득 탁상 모서리의 소실점을 끌어당긴다
카메라 렌즈에 담겨진 팔월의 피사체는
바다 비린내 하나 나지 않고도 저렇게 생생한데
수평선 아래 새겨진 달력 날짜를 뚫어지게 바라보며
저 날 바다 여행을 떠나리라 작정한다
꽃피는 들판이 찍힌 춘삼월이나
고운 단풍 물든 산으로 장식한 시월에도
나는 여행을 떠난 적 없으므로 여전히
이루지 못할 객기라는 것을 알면서도
유리창 노오란 햇살에 휩싸여 생기 없이 앉아 있는 나
라는 피사체는
팔월을 온통 탁상 머리 몽상으로 장식하고 있다
수평선을 속눈썹 위에 올려놓고 앉아
한가로운 해안 모래에 그림도 그려 보고

책 읽는 시늉도 해 보다 심심하면 해안선 따라 마냥 걷
는다
멀리 수평선 위에서 고독하게 줄넘기를 하는 달이 보기에
내 팔월의 어느 하루는
늘 그 타령인 칙칙한 쇼다

불당 위의 하늘

뒷산에서 살짝 삐져나온 가녀린 나뭇가지가
보이지 않는 그림을 그리고 있는 불당 위의 하늘 화폭
푸른 바탕색을 가로지르며 어디선가 분홍 꽃잎이 나타
나거나
느닷없이 솔개 한 마리 떠 있다 사라지는
그러다 먹구름 밀려오면 야수파 풍의 파도가 꿈틀거
리고
나뭇가지는 폭풍 속에서 미친 듯이 붓질을 해 댄다
오늘도 기다리는 버스는 오지 않는다
출렁거리는 화폭에서는 쉴 새 없이 욕설 같은 나뭇잎이
쏟아져 나오고
알아듣지 못할 불경 외는 소리가 바람에 섞여 흩어져
간다
화폭에 사계가 들어앉았다 지나갈 동안
버스는 오지 않는다
불당 문이 열리더니 한 동자승이 두리번거리고는 곧 문
을 닫는다

바깥세상은 조용하더냐

큰 비가 내릴 것 같습니다
탱화나 마저 그려라

십오 일

그는 죽은 채 발견되었다
십오 일
그가 대관령 계곡에 추락하여 홀로 지냈던 시간
십오 일
잠시 먹먹했지만 남겨 놓은 점심을 먹고 산행을 계속했다
얼음을 지치다 미끄러져 엉덩방아를 찧기도 하고
돌탑을 쌓으며 자식농사 소원도 빌고
달은 만삭이었다
십오 일
다시 눈을 뜬 그는 너무 푸르러 고요한 하늘이
헤아릴 수 없는 시절부터 자신을 굽어보고 있었다는 것
을 알아챈다
언제까지 살아야 하는지 몰랐다
운전석에 쓰러진 자신의 심장을 내리쳐도 보았다
새삼 주위를 둘러본다
저녁노을이 풀린 동공처럼 번지고
자작나무 숲 그림자가 눕기 시작하고
생전 처음 느끼는 한기의 칼날이 스미고
눈을 감고

고개를 떨구고
십오 일 가장 오래 내쉰 숨

조난

겹잎처럼 소곤소곤 피어난

영세 아파트 집집마다 전단지가 꽂혔다

뿌리가 있는지 땅속부터 솟아난 금이 벽을 타고 굵은 가지를 펼쳤다

옥상까지 오르고서도 모진 금은 계속 자란다

웬만한 덩치는 들어서기 비좁은 어느 방구석에서는

심심풀이 화투판이 벌어졌다

딴 돈으로 봄 되면 텃밭에 심을 쪽파 씨앗이나 사겠다고 열을 낸다

차가운 바람이 텅 빈 놀이터에 볼일이 있는지 휘휘 감기는 늦겨울

누렇게 바랜 베란다 유리창은 보일러 연통에 막혀 끝까지 열린 적 없고

변기며 세탁기며 빗물이며 쏟아지는 물

하루 종일 물관을 타고 지하로 빨려 간다

처음 지을 때부터 사람 살라고 지은 구조물이 아닌가 싶었다

아니면 난파된 우주선이 뜬금없이 지구로 추락한 건지도 모를 일

환기구에서 프로펠러가 아무리 돌아도 아파트는 날지
않지만
　한 번도 살려 달라고 소리치지 않는 주민들
　성가시지 않게시리 떨어진 전단지 다시 문에 꽂아 놓고
　해마다 흰색 페인트로 금간 벽을 칠해
　한평생 살아도 무너지지 않을 거대한 우주나무 그려 놓고
　방범대 만들어 순찰 돌며 벽화를 지킨다 밤이면
　아파트 방마다 붉은 동백꽃처럼 조난등이 켜졌다
　찾아오는 이라야 재고품 봄을 파는 늦겨울 외풍뿐이다

꽃잎의 비행

일 초에 오 센티미터
벚꽃 떨어지는 속도

일 초

멀리서 바람 우는 소리 신산하다 겨우내 눈은 하늘로
솟아올랐다 도처에 꽃이 피었지만 애초부터 시든 적도 진
적도 없었다 사람이 피고 졌을 뿐 나비 날개 스쳐 가고 달
빛만이 영글었을 뿐 다만 어느 밤엔 여태껏 빛나던 별이
죽어 보이지 않고 만났던 얼굴 도무지 떠오르지 않고 곤한
낮잠 깨어 보니 겨우 일 초만 흘러간 봄날

이 초

오래된 구름은 조각달이 되고 오래 날던 비행기는 영혼
이 되고 오래 비추던 햇살은 한 사람이 되고 오래 슬픈 이
는 술독이 되고 오래 바라보는 것만으로도 바람은 벚꽃나
무가 된다 이제 이 초

삼 초

길을 잘못 들어 처음 보는 풍경 속으로 빨려 갔지만

저만치 세워진 이정표는 좀 전에 본 이정표와 똑같다
너도밤나무 한 그루도 마찬가지로 서 있지만
이런 데를 지나쳐 온 적은 없다
우연히 마주친 산사의 스님은 우리를 바람 대하듯 무심
히 바라본다
저 산 아래로 귀환하여도 아무도 알아보지 못할 것 같아
풍경에 지는 그늘처럼 좀 더 남아 있기로 한다

영원히 착륙하지 않는 꽃잎의 비행
그사이 봄은 지나가고 흐드러진 눈꽃만이 떠다니네
한 꽃잎에 한 시절
백만 꽃잎에 한 세상

가로등이 켜질 때

해가 지고 길 잃은 햇빛 부스러기 힘없이 파닥거릴 즈음
낮과 밤이 몸을 섞다 서서히 뒤바뀌는 그 즈음
가로등은 일제히 외눈을 밝히고 줄지어 선다
이 외눈박이 외계인들은 오래전부터 길가에 죽은 듯이
서 있다가
구부정한 허리로 지상을 내려 보며 문득 눈을 뜨는 것
이다
가로등 사이에 소문난 인간사 중에
우산처럼 펼쳐진 빛발을 머리에 이고 입맞춤을 나눈 연
인이나
하염없이 엄마를 기다리던 꾀죄죄한 꼬마 얘기는
이제 늙은이들 소싯적 만담이다
일몰에 맞춰 지평선까지 늘어선 요즘 가로등에는
축제를 알리는 깃발이 날개처럼 꽂혀 있고
때문에 진화론자들이 나타나기 시작했다
어디선가는 저녁이 되어 눈을 떠 보니 옆자리가 비어 있고
어슴푸레 초저녁 달 너머로 날아가는 가로등 한 그루 보
았다더라
가로등들 말없이 생각에 잠겨 있는데

어떤 가로등은 불을 켜지 못한 채 시커멓게 서서 죽어
있다
　시체를 옆에 세워 놓고 가로등들은 오늘따라 눈이 자꾸
깜빡인다
　새벽에 잠들면 다시 깨어나 노을을 볼 수 있을까
　어느덧 여명을 비집고 달이 떴지만
　산 자들 사이에서 쭉정이같이 죽어 버린 가로등은 날아
오르지도 못하고
　아무렇지 않은 척 애기꽃 들고 섰다

지하에 흐르는 레테의 향기

방금 탄 등산복 차림의 사내에게선 아카시아 꽃향기가
흘러나왔다 지상은 오월의 막바지에 접어든 것이다

의자 밑을 배회하던 꽃향기는 문이 열리자 황급히 사라
져 간다 잠시 떠올랐던 지상의 녹음은 잊히고 대신 퀴퀴한
땀 냄새가 그윽하다 비좁은 구석에서 컴컴한 창밖을 내다
보는 여자의 우울한 등은 처음 맡아 보는 메마른 내음을
풍기고 있었다 생의 마지막을 알아챈 몸이 이런 죽음의 향
기를 내뱉을지 모른다 바로 앞에서는 바싹 끌어안은 남녀
의 비누 향과 짙은 향내가 코를 찌른다 냄새의 너울을 뒤
집어쓴 몸뚱이를 서로 비집고 들어가지 못해 애쓰는

다음 역에서 사람들은 저마다의 냄새를 남긴 채 내려섰
다 대신 신선한 공기를 타고 미끄러지듯 새로운 냄새가 올
라탄다 냄새끼리 뒤범벅된 지하철은 무한궤도를 달린다 모
르는 사람들끼리 딴짓을 하는 사이 냄새끼리는 몸을 섞고
부대끼고 그러다 흩어지고 잊힌다 냄새의 무덤, 땅 밑 허구
렁을 스믈스믈 기어가는 애벌레 배 속에 가득 찬 온갖 잡
내 제 냄새 흘려 버리고 대신 누군가의 생기를 들이마시고

는 탈태를 거듭한다 살이 썩을 때까지 혹은 나비가 될 때
까지

　내가 흘린 영혼의 향기도 저쯤 어딘가에 고여 있다 쓸
쓸히 증발해 버렸을 테고 텅 빈 껍데기처럼 이렇게 손잡이
에 의지한 채 휘청거릴 뿐이다 내 몸뚱이는 나를 벗어 버
리고 아까 전 역에 내린 듯도 하다 나는 누구의 냄새였을
까 숲 속 솔 향이었을까 라일락 허브 장미 쓰레기 페인트
살 내음 밥 내음 바람 바람의 향기 구름의 향기

　한 무리의 행락객들이 국화 향을 묻히고 들어선다 나는
이제 가을이다

소환

얼어붙은 풍경은 두세 시간마다 움찔거렸고
어쩌다 햇살이 비치면 차갑고도 무거운 유리 커튼이 모
습을 드러낸다
한나절 동안 서로 말없이 얼음 조각 떠다니는 겨울 해변
을 걷는다

제부도 가는 길엔 공룡 알 화석 발굴지 팻말이 서 있고
경비행기 활주로가 나 있고 패러글라이딩 코스가 즐비
하다
모두 한없이 겹쳐 있다

혹시 당신들 작년에 여기 여행 다녀가지 않았느냐고
횟집 주인이 말을 건넨다
어느새 바다는 썰물 되어 갯벌이 드러나고
발자국처럼 암초가 불거지기 시작했다

아마 그들은
조금 있다 도착할 겁니다
모처럼 유리 커튼이 움찔거리자

유리에 갇혔던 작년의 두 사람이 간신히 한 걸음을 내딛
는다
　우리는 좀 더 기다리기로 했다

무초

성주사지에 달빛이 차오르자
먼지로 가라앉은 적멸보궁이 희미하게 흩날린다
한없이 지는 벚꽃은 고래 모양으로 쌓여 갔다
월남사지엔 비가 내려도
빗물에 젖지 않는 터가 있다

노래를 들려주면 춤추는 풀처럼 살아나는

너에겐 항상 바람이 불거나 눈이 내렸다
유리창에 숨을 불면 번지는 입김이고
끝나지 않는 이야기를 들려줘야 말할 줄 아는 앵무새고
거센 물결이 몰아쳐야 始原으로 거슬러 올라가는 은어
이고

어둠이 피어오르자 죽은 듯이 별이 뜬다
너는 그렇게 내 앞에 앉아 밥을 먹는다

평행 우주

그날 기차를 탔다면 그녀는 지금쯤 가을꽃이 되었을 것이다 그날 옥계역에 내렸다면 그녀는 한가로운 갈잎이 되어 바람에 휘날렸을 것이다 거기서 별이라도 바라보았다면 그녀는 유성이 되어 떠돌았을 것이다

그렇다 하더라도 영락없이 가을꽃은 피고 은빛 갈대는 한없이 눕고 시시각각 유성은 지구로 날아든다

또다시 그녀가 기차 여행을 포기하자 가을꽃은 무더기로 피었고 갈대는 은하수를 이루고 유성우가 지구로 쏟아져 내렸다 때맞춰 계절이 하나 사라지고 불쑥 산맥이 솟아나고 없던 강물이 흐르기 시작했다

그녀는 영원히 기차를 타지 않았다

하늘서랍

늘 닫혀 있더라

세 시 십 분에 죽은 손목시계 누렇게 바랜 채 미라가 되어 버린 편지 더 이상 켜지지 않는 지포 라이터 유래를 알 수 없는 열쇠 누군지 모르는 이의 전화번호 이 부장품들 주인이 생매장된지도 모르고 미리 들어앉아 영생하는 유품들

늘 쓸쓸하더라

서녘으로 가는 달서랍 구름을 운구하는 바람서랍 한껏 닫힌 채 썰물처럼 밀물처럼 부유하는 관

맨 무덤으로 하늘 위를 떠다니다
사계절을 몇 번이고 흘렀어도 도무지 썩어 문드러지지 않고 머리맡에 서성이다
달서랍은 스스로 가슴을 풀어헤치고
바람서랍은 메마른 향기를 꺼내 놓고 사라지곤 한다
달빛과 바람에 하얗게 물들어 가는 머리카락
이번 생엔 못다 연다

달의 춤

정말 느린 춤이잖은가
바람을 느끼고 있었지 멀리서 불어오는 바람의 기척을
서른 밤을 부풀어 오르다 잦아든 그믐달이
폭삭 주저앉을 때 펼친 무명 치마 자락에서 시작된 한숨
무대는 서천에서 동천 마루까지
피고 지는 달의 배후는 늘 어둡거나 쓸쓸하다
달은 정말 다 품고 있잖은가
숲이 있다고 하면 숲이 생기고 너른 바다를 떠올리면 어
느새 파도 무늬 지는
장단에 맞춰 돌다 지치면 구름에 흐린 얼굴 가리고
초승달 버선코를 내보일 때쯤이면 이미 살풀이 막바지다
끊임없이 달빛 쏟아 내 제 살 문드러지는 줄 모르고 대신
달은 가장 오래 바라본 사람의 얼굴을 닮아 간다
그는 평생 슬펐거나 죽은 자일 것이다
아침엔 흰나비들이 너울거린다
저 중에 달이 미처 거둬들이지 못한 빛 사위 떠돌고 있다

백색신화

문을 열자 그때서야 햇살 사이를 너울질하는 먼지와
창틈으로 기어드는 바람에 흐느적거리기 시작하는 커튼과
이 순간을 기다려 무너져 내리기로 정한 듯 금이 가는 벽
화분의 치자 꽃은 방금 피어난 게 분명하다
식탁에 놓인 찻잔은 아직 온기가 남아 있고
구석에선 언제 켰는지 알 수도 없는 선풍기가 돌고 있다
펼쳐진 신문지가 후다닥 페이지를 넘기더니 점잖아진다
화장대 거울에 지워져 가는 입김이 남아 있다
달력에 동그라미 쳐진 내일 날짜는 이 집에 영영 오지
않을 것이다
어쩌다 들어온 나비는 나가면서 휘몰아치는 폭풍으로
변하고
베란다에서 떨어진 물방울은 강물이 되어 먼 산을 돌아
가는 중이다
창밖으로 머리를 내밀자 금세 백발이 되어 버린다
나는 가을이 차오르는 풍경을 찬찬히 관음한다
사계는 빠르게 흘러 도무지 처음 보는 가을이다
누군가 또 문을 열고 들어설 쯤이면 이제 막 사라진 창
문 너머

난생 처음 보는 풍경 속에서 낯익은 얼굴 하나 떠올릴
가을이다

유리병

달의 해안에 묻혀 있던 케이블이 끊기자
화면에선 모래사장이 떠올랐다

전봇대에서 뻗어 나와
하늘 뒤덮은 케이블을 따라가면
수리산 봉우리 어딘가에 솟아오른 거대한 안테나를 만
날 수 있다지만
아무도 보았다는 사람이 없다

창틈으로 파고든 케이블을 타고 화면에선 계속해서 모
래가 쏟아져 나왔다
거실에서 팔색조 칼라로 위장한 모래무지 병마와 평생
을 눈씨름했건만
몸에 상처도 없이 점령당한 지 오래
모래에 파묻히다 전원 버튼을 누르자 화면은 곧 검은 입
술을 오므린다
그리고는 모두 안테나가 있다는 산봉우리를 쳐다보는 것
이었다
병든 화초 모양 축 늘어진 채

고대 페니키아인들은 불에 녹아내린 모래 속에서 유리
를 발견하였다

어느 훗날 이 지층에서
거실에 나뒹구는 사람만 한 유리병이 발견되었다는 뉴
스가 나올 줄
안테나는 진작 알고 있었을 것이다
대부분은 이미 안테나로 귀향한 뒤다

北巷

달은 초저녁을 넘기지 못하고 느티나무 가지 사이로 침
몰했다

산봉우리에 간신히 정박한 안개구름마저 거센 폭풍에
사라져 갔다

그러나 비 내리는 들녘에 서 있으나

빗물에 젖은 흔적이 없다

아무도 비에 대한 기억을 갖고 있지 않다

장대비 쏟아질 때면 무거운 몸뚱어리 어렴풋이 떠올랐
지만

거대한 배 한 척 바다 쪽으로 머리를 드리운 채 쓰러져
있었지만

아무도 출항에 들뜬 어선의 파닥거리는 지느러미에 대
해 말하지 않는다

들녘엔 산수유 꽃잎이 흩날리고

언제 그랬나 싶게 달빛이 교교할 뿐이다

이젠 유령선에 살고 있다는 것을 눈치 채야 한다

느티나무로 보이는 돛대와

푹신한 흙으로 뒤덮인 갑판을

시퍼런 심해 너머로 끝내 이르지 못한 채 난파한 항해를

잊고 있었다고
　메마른 일지에 적어 놓아야 한다
　다시 바람이 불어온다
　북풍이다
　목숨마저 저버려야 배가 뜰 모양이다

청보리밭에서 끊임없이 갈라지는 바람 소리

점차 많은 사람들이 지상에서 사라져갔다
가문 기억으로는 외할아버지였고 가장 나중 슬픔으로는
외할머니였다
모든 소멸은 남은 자에게 금세 사라질 무지개를 남긴다
사라질 때마다 이십일 그램의 영혼만큼 목울대가 붉어
졌다

청보리가 펼쳐진 언덕이 무슨 봉분 같다고
보리가 저렇게 파랄 수 있느냐고
葬地를 떠나오는 길가 보리 이삭 끝에서 끊임없이 갈라
지는 바람 소리를 들으며
처음 보는 친척이 중얼거렸다
그리고는 곧바로 다음 사라질 차례를 눈대중해 보는 눈
치였다

下官을 마친 행렬은 한없이 흐른다

문득 잠에서 깨어 눈을 떴을 때
긴긴 밤의 강

밑바닥에 가라앉지 못하고 떠다니다
싸늘한 아침 햇살 비치는 창가에

나는 간신히 정박해 있는 것이었다

불투명 유리창 너머로 바람결에 흐드러진 보리 잎이 어
른거린다
　밤새 꼿꼿이 누워 있는 내 몸뚱어리를 지켜보고 있었으
리라

連理枝

이 낮은 하늘은 가난한 여행과 싸구려 술집을 강요한다
흠씬 젖은 구름이 산비탈을 타고 내려오기 시작했고
바람은 일정한 방향으로 끊임없이 공급되었다
수런거리는 플라타너스가 무성한 잎 속에 묵혀 두었던
비린내를 쏟아 낸다
이 질척이는 풍경은 한없이 주절거리길 요구한다 가장
번역하기 어려운 방언으로
어쩌면 멸종해 가는 유전자에 잠든 古語가 깨어날 것만
같은 이 저녁은
모든 체세포를 곤두세워 흩날려 버린다
나는 이미 알고 있었다 등골 깊이
반공중에 정처 없이 떠다니는 쓸쓸함을 수신하는 안테
나가 박혀 있거든
그러나 더 이상 뜬 눈을 볼 수 없다는 정도
고요를 메워 주는 말을 들을 수 없다는 정도
간간이 떨어지는 비 한 방울을 혓바닥에 올려놓고 나는
누군가의 전 생애를 맛본다
이 저녁 풍향계는 여전히 같은 방향을 가리키고
나는 끊임없이 불려 가고 있다

낯선 여행지의 싸구려 술집
처음 들어 보는 언어로 세상의 끝을 논하는
내 가 보았거나 전혀 본 적 없는 생애로

붉은 계절

가을 앞에 주저앉아
이러면 모든 걸 포기해도 되겠구나 싶었다

투명하고도 붉은 단풍에 번지는 햇살을 바라보다가
이 풍경은 점점 나 혼자만 알고 있는 계절이 돼 가는구
나 싶었다

다시 일 년 후에 찾아갔더니
흐르는 바람결에 벼랑으로 깔깔대며 뛰어내리는 낙엽
열두 달 내내 그렇게 놀고 있었다

이러면 누군가와 헤어졌어도 너무 맘 아파도
일없겠다 싶었다

밟고 다닌 단풍에 붉게 물든 신발을 가지런히 벗어 두고
얼마나 많은 이들, 이 가을집으로 들어간 걸까
홀린 듯
홀린 듯

바삭바삭 메말라 하염없이 죽음에 가까운 낙엽이 되어 간

가을 산의 속내
잠깐 사이 열린 문으로 바라본 한 생애

密酒

장독 속에서 익어 가는 포도주의 시큼한 가을
한때 밀주라 불렸던 은밀한 발효
포도 껍질은 하얗게 탈색되어 간다
썩지도 못하고 알코올로 변해 가는 시체 공시소의 눈알들이
진액을 다 빼낸 채 박제가 되어 가는 서로를 바라본다

며칠 만에 빠져 죽은 아이가 떠오른 어두컴컴한 우물이 이랬다
아침까지만 해도 밥을 지어 먹었던 우물
우물에 우러난
한창 뛰어놀 가을 한나절
저녁 밥상의 구수한 된장국 냄새
물이끼 피어난 꽃무늬 바지

내 몸은 지금 어느 우물에 잠겨 있는 것일까

거기 짓물러 풀어져 가는 몸을 두고
걸어 다니는 시체 말하는 시체 사유하는 시체

탈색된 노을 탈색된 단풍 탈색된 산책

아직 설익어
돌멩이로 꾹꾹 눌러 놓은 장독 속에서 문드러져 가는
포도
주의 제일 좋은 안주는 포도다

감각의 종말과 기원

觸

너무나 뜨거울 때 너무나 차가울 때 닿기만 해도 베일
정도로 시퍼런 날이 서서 찔렸다는 느낌도 없이 피가 날
정도로 날카로워서 다시는 아프고 싶지 않아서 다시는 짓
눌리고 싶지 않아서 너무나 까칠할 때 너무나 껄끄러울 때
아니 돌을 만진 것 같을 때 만져도 돌아보지 않을 때 더는
손댈 수 없을 때 그대 만질 수 없을 때

視

어제 여행을 시작한 북극성의 빛을 보려면 천년이 걸린다
물론 살아서는 볼 수 없다
그러나 북극성은 포기하지 않고 빛을 보낸다
구름이 지나갈 때마다 별빛은 칠현금의 은은한 소리를
낸다
오늘쯤 늙은 북극성은 사라져 버렸을지도 모른다
천년 뒤의 죽음을 예언하는 저 노래
늘 그 자리에서 보내오던 조난 신호

嗅

> 냄새의 종류 : 꽃향기 풀 내음 나무 향 살 냄
> 새 악취 구취 암내 풋내 단내 고린내 구린내
> 노린내 비린내 구수한 냄새 흙 냄새 쇠 냄새
> 돈 냄새 플라스틱 냄새 페인트 냄새 비누 냄
> 새 샴푸 냄새 껌 냄새 술 냄새 담배 냄새 땀
> 냄새 사람 냄새 산 냄새 바다 냄새 숲 냄새
> 비 냄새 물 냄새 바람 냄새 구름 냄새 달 냄
> 새 무지개 냄새 나머지는 앞으로도 생각 냄
> 새 시간 냄새

味

자칭 미식가인 Y, 가게에 와서는 메인 메뉴를 주문하고 에피타이저로 버섯 수프를 한 숟갈 떠먹고는 자신이 가져온 심층 해저수라는 물로 입가심한 뒤 냅킨으로 입가를 두들기듯 닦아 낸다 다른 요리를 먹기 전엔 꼭 물로 입가심을 한다. 그렇게 물배를 채우고 아이스크림을 후식으로

먹고선 또 물을 마신다 가장 맛있는 건 뭐냐고 묻자 물이
었다고 말한다 단맛 짠맛 쓴맛 신맛 다 필요 없고 밍밍한
물맛이 최고란다 매운맛도 한번 봐야 하는데

聽

지금 뭐라고 말했니
못 들었으면 됐어
너 나한테 욕한 거니
내가 욕하는 거 들었냐
그럼 욕했겠지 칭찬했겠냐
너 병 있냐 환청
헛소리 그만해

경적이 울어 대고 고함이 들리고 아스팔트 뚫는 굴착기
굉음이 울리고 그사이 해 떨어지는 소리도 나고 유성 쏟아
지는 소리가 나도 우린 아무 소리도 듣지 못했다 긴 침묵
과 고요의 바다에 떠 있는 귀 네 마리 서로에게만 파닥이
는 귀 지느러미

水葬

　먹이를 찾아 새벽에 떠난 물새는 어디 가서 저렇게 늦어
온 것일까
　그새 마을은 통째로 수몰되어 호수 밑에 잠겨 있을 뿐
이다

　어스름 저녁
　때 되면 밥 먹으러 들어와야지 부르는 소리 들리는가 싶
더니
　언뜻 사람 그림자가 물밑에서 어른거린다

　나는 묻는다
　살려면 당장 죽어도 상관없다는 듯이
　무심코 살아야 하지 않겠는가
　다시는 들춰내지 않을 기억의 밑바닥에
　모두 묻히지 않는가

　그득한 물기와 뿜어 나오는 목향에 잠긴 숲
　잔잔한 물결을 일으키는 바람

　밥 먹으러 기어 들어가야겠다

여우비

거대한 인공 폭포 앞에 서 있다
바로 전까지 어디서 무얼 했는지는 생각 안 나고
이 낯선 풍경 한가운데에 끌려온 듯 놓여있다
지금 막 태어난 것일까
그렇다면 처음으로 눈이 마주친 저 인공 폭포가 생모인가
여기 한가롭게 산책을 즐기는 사람들 사이에서
누군가를 만나기로 했을지도 모른다
인공 폭포와 인공 암벽만으로 이루어진 이 행성에 사는
어떤 괴팍한 녀석을 기다리고 있는 중일 것이다
그게 아니었나 뜨거운 여름 한낮 비라도 한바탕 쏟아지지
언제까지 저 끝없이 추락하는 가식을 바라보고 있어야
하나
무한대라는 말은 참으로 무책임하다 차라리 영원이라면
영원이라면 흐르는 시간도 없이 늙어 고생할 일도 없이
돌아갈 곳도 없이 고여 있을 뿐일 텐데
분명 비였다
짧은 순간 몇 방울 안 떨어졌지만
비가 스쳐 갔다
내가 기다렸던 게 아니라 여우비가 기다렸던 거다
밑도 끝도 없이 살아가던 어느 날의 일이다

暗門

순식간에 어두워지더니 비가 쏟아지기 시작했다
그러나 나는 죽은 것이 아니다 다만
싸늘한 빗방울 한가운데에 놓였을 뿐이니까
문득 낮은 구름을 쳐다보는데 다섯 마리의 검은 새가
날고 있다
비 오기 전부터 어디로 가고 있었는지
이제 막 떠오른 건지 아니면
저 새들은 三生을 날고 있는 중이다 비바람을 타고
날개 달린 나무들의 씨앗이 떨어져 내린다
저 숲의 늙은 나무들이 꽃을 피운 적 있는가
이 지상은 비 내릴 때만 나타나는 와디였다
다섯 마리의 검은 새는 여전히 구름 밑을 통과하고 있다
저들이 보기에 하얀 입김을 내뱉는 나의 숨결은 멈췄거
나 너무 느리다
파고드는 빗방울에 새겨진 기억쯤일 것이다 그러니
물이 차오르기 전에 어두운 궁륭을 빠져나가며
흐릿한 암각화를 남겨 놓은 후손을 보라
대열을 유지한 채 한없이 떠 있다
비는 좀처럼 그치지 않고
나는 겨우 두 번째 숨을 토해 낸다

生還

삼거리에서
막차를 기다리는 동안
우린 마른 나뭇가지에
새들이 몇 번이나 앉고 가나 세고 있었다
혼자 살면서도 가난하면서도
그녀는 결코 슬퍼할 줄 모르는 달맞이꽃 같았다

그 후 다시 찾은 삼거리에 그녀는 없었다
다만 식어 버린 달 너머로부터 불어오는 스산한 바람처럼
몇 년 뒤 동남아 어느 밀림지대에서 불쑥
한 통의 편지가 날아왔을 뿐이다

아침에 일어나면 제일 먼저 신발을 털어요 신발 속에 벌
레들이 우글거리거든요 신발을 신고 허술한 막사 문을 열
어젖히기 전까지 일부러 아무하고도 얘기를 안 해요……
하지만 이곳은 아픈 사람이 너무 많아요

그녀는 마른 나뭇가지의 둥지를 그리워하는 새였다
그러나 그녀는 결코 슬퍼할 줄 모르는 달맞이꽃 같았다

우린 삼거리에서 막차를 기다렸다 문득
새들의 귀환에 가슴 설레다 환호성을 지르거나
셋 넷 외치며 숫자 세는 그녀를 돌아본다
언제 돌아온 걸까 이 환한 달맞이꽃

이주민 단지

옥상의 생태는 이렇다
겨울에는 흰 눈이 쌓여 터를 닦고
봄이 되어 햇살은 반짝이는 마루를 마감한다
여름에는 한바탕 비가 내려 물의 기둥을 세우고
가을에는 바람벽이 둘러선다
그러나 옥상에 오르면 늘 폐허뿐이다
책장이 버려져 있고 낡은 식탁이 놓여 있고
다리 부러진 의자가 뒹굴고
반지하 방에서 틀어 놓은 노래
호텔 캘리포니아가 계단을 타고 올라온다
이주민들도 옥상에 가끔 올라와 담배를 피거나 노을을
보곤
이내 사라진다
사실 널브러진 잡동사니들은 밤하늘 별자리를 따라 늘
어섰다
큰곰자리 카시오페이아 엎질러진 은하수
건너편 옥상도 비슷하다
눈앞에 펼쳐진 모든 옥상에는 별자리가 놓여 있다
계절이 수없이 지나면 새 집 한 채쯤 생기겠지
이주민들은 가구를 올려놓으며 七星神께 빌고 또 빈다

안개 속의 이사

안개에 밑동이 잠긴 고층 아파트는 곧 무너질 듯 공중에
떠 있다
벽에선 나뭇가지처럼 금이 자라기 시작하고
베란다가 허물어지고 깊은 뿌리로부터 울려 나오는 신음
그것은 저 건물이 언젠가는 맞이할 폐허 직전의 모습이
었다
점점 짙어지는 안개 속에서 갑자기 튀어나온 누군가는
어리둥절한 표정으로 사방을 두리번거렸다
언덕 너머에선 무언가 내려놓는 소리가 들리기도 했다
안개를 틈타 처음 보는 수종의 가로수가 늘어서고
병원이 들어서고 주유소가 자리를 잡는다
내 사는 곳을 닮았지만 이건 몰래 들씌워진 도시다
안개가 끼고 걷힐 때마다 길은 조금 더 낡고
옆집 애들 문득 낯설고
분명 죽었다고 알고 있는 친구가
어느 골목에선가 서성이는 걸 똑똑히 보았다 하고

탈주

방금 스쳐 간 가로수는 플라타너스
어떤 마을 가로수 수종은 은수원사시나무
수양버들 포플러 왕벚나무 회화나무 히말라야시더
길에서 살다 길에서 생을 마치는 다민족 난민들의 끝없
는 행렬
한 나무가 꽃을 피우면 모두 꽃을 피우고는 말라 죽는
대나무라는 종족은
일찌감치 산에 뒤쳐지기도 했다
담양쯤에서 잠시 쉬고 있는 메타세콰이어는
이름 그대로 초월적이다
길에서 낳은 묘목이 아무 탈 없이 자라고 있는지
바람 부는 날이면 때로 허탈한 손짓도 해대지만
중생대부터 이어온 행장 그대로 꼿꼿하게 지상을 굽어
보며
가로수 무리를 이끈다 천천히 천천히
그새 자식도 없이 멸종한 나무 병든 나무 허리가 잘려
나간 나무
다들 나이테 속에 쟁여 넣은 채
어디 가는지도 모르고 따라나선 인간들에게는

땅속에 진득하게 뿌리부터 내리라고
부평초처럼 떠다녀서야 한길로 나설 수 있겠냐고
우리가 뛰고 날고 하던 시절 왜 저버렸겠냐고

가을 나무 서 있는 정거장

더 이상 떨어질 이파리 없어 보이는 가을 나무에서
한 무리 노란 잎새가 떨어진다 우수수
메마른 가지 사이에서 갑자기 쏟아져 내리는 낙엽은 반
짝이는 사리였다
고행의 흔적으로 갈비뼈만 남은 수종마다 애기 바람이
건드리고 지나가자
이제는 깊은 허리춤에 숨겨 놓았던 뼛조각까지 토해 내고
나무 아래에서 희뿌연 낮달이 걸린 생장점을 쳐다보다
뜬금없는 소나기에 이리저리 뛰쳐 다니던 벌거숭이 시절
이라도 떠올리면
투명한 나무에선 한 차례 비가 흩뿌렸다 건너편 붉은
단풍나무에선
깔깔거리는 웃음과 수다가 새어 나왔다간
폭포처럼 발자국이 떨어지기 시작했다
간간이 잊어버렸던 산길이 풀려 나오고 슬레이트 지붕집
이 툭하고 떨어졌다
길 끝 우울한 가로수에선 나무 아래에 유골을 뿌렸던
친구 얼굴이 나타났다 사라지곤 했다
하늘로 뼈가 굽어 면류관처럼 성긴 품에서

들꽃 가득 핀 산정과 별빛을 머금은 연못과 가끔은
내가 꿀 악몽과 만행과 종말이 후두둑
쏟아져 내린다
앙상한 가지 품에서 더 이상 끄집어낼 후생조차 없어 보
이는 가을 나무는
끝내 목 매달린 사람을 뱉어 내기도 한다

異客誌

회의를 하다가도
창밖 푸른 하늘에 그어지는 비행운을 훔쳐본다 저토록
무심한 탄생과 소멸이라니

제한속도 넘어 차를 몰다가도
바람에 수런거리는 숲의 파도에 눈이 홀린다 이 아찔한
망각 망명 고독 객기 광기

휘청거리던 풍경이 갑자기 굳어 버린 듯싶더니 대번에
쏟아지는 소나기
잠시 망설였던 것이다 비님은 다음 세상을 포기하고 여
기 오신다

건너 마을에서는 상여가 나갔다는데
초상나기 직전엔 그렇게 짖어 대던 개도 조용해지고
소란스런 댓바람도 멈추었다는데

어디선간 생판 모를 일이 벌어진다 다 죽은 나무에 열매
가 생기고 오래전 죽은 줄 알았던 친구가 엊그제야 죽었다

는 부음이 오기도 했다 항간에선 내 살아온 나날보다 더
많은 세월이 흘렀던 것이다 오늘 떠오른 보름달도 내가 아
는 달이 아니다

　들녘에선 가을마다 국화가 피고 어떤 꽃은 삼생을 살고
서야 봉오리를 맺는다

生滅

인천행 버스를 기다리고 있다 언제나
그렇다 소래쯤엔가 누가 살고 있을 거라 짐작해 보지만
꿈이 나를 꿈꾸게 하는 한
누군가는 이미 죽었다고 믿는다
멀리 인천행 버스가 나타난다
때론 타고
때론
생시로 돌아선다

예전에는 이쯤에 버드나무가 수런거렸다
징검다리에 앉아 빨래하던 여인네들
하늘빛에 하염없이 무명을 비추곤 헹구고
이렇게 다 사라지고서야 흘러넘치는 개울처럼 복받치는
추억

사람들이 비에 대한 기억을 잊고서야 비가 쏟아졌다
산벚나무 꽃잎이 흩날려 모조리 부토가 되는 순간 다시
산벚꽃 화들짝 피어난다
책을 읽다 환상이란 걸 망각하면 달은 흰 자작나무 숲

으로 뒤덮이고
　길을 걷다가도 문득 전생이 떠오르면 그대에게서 나는
지워진다
　이제 밤새워 비가 내릴 것이다
　예감은 늘 없던 기억을 만들어 낸다

춤의 궁전

아주 오래전
그녀는 무도회장에서 춤을 추었지
은근한 조명이 비추고 벽에 그려진 꽃처럼
누군가 불러 주길 기다리며 앉아 있다
낯선 손길 따라 무대에 나가 빙글빙글 춤을 추었지

그날 밤 나는 외화 시리즈에 넋을 잃다 까무룩 잠들었지
맥가이버의 만능 칼로도 해결되지 않는 일이 있어
새벽별을 앞가슴에 묻히고 귀가하는 그녀를
좀 더 일찍 탈출시켜야 했는데

낮은 지붕에는 낙엽이 쌓이고 금 간 벽을 타고 오르는
담쟁이 넝쿨
집은 읽히지 않는 동화처럼 늙어 가고

아주 오래전
그녀는 무도회장에서 밤새 춤을 추었지
도롯도 브루스 탱고 룸바 삼바 차차차 일자 지르박 삼각
지르박

그날도 나는 세상에 없는 온갖 악당에 맞서
소머즈 육백만 불의 사나이를 키트와 에어울프에 태워
물리치고 있었지
쥐를 먹는 도마뱀 외계인이 사람도 먹는다는 건 진작 알
고 있었지

언제부턴가 그녀는 건넌방에 남정네를 불러 춤을 추었지
전축에서 울리는 흥겨운 박자에 맞춰 양철 지붕에 비가
내리고
하얀 나비눈이 흩날렸지 달이 돌고 지구가 돌고 치마가
돌고

낮은 지붕에는 햇살이 쌓이고 뒤덮인 담쟁이덩굴 비집
고 내다보는 들녘
집은 그해 몰아친 홍수에 부초처럼 떠내려갔고

아주 오래전
홍수는 칠 년 내내 이어졌지
어느덧 사춘기를 지나 성인이 되어 갈 때까지도

다만 춤추는 자만이 살아남을 거라고 믿기라도 한 듯
그녀는 빙빙 춤을 추었지

이제는 바야바나 래시 렌지 같은
사람보다 영민한 영물을 불러내기엔 나이가 너무 많았고
세상은 오리무중이 되어 버렸지
시간이 뒤죽박죽으로 돌아가던 환상 특급을 닮아 가는
세상
요상한 차원에 살고 있었지
집에는 식구와 똑같이 생긴 사람들이 밥상에 둘러 앉아
허리를 수그리고 있지
서로 말이 없고 어쩌다 고개를 돌리면
텔레비전에다 말을 하고 웃고 심각해지고 우울해지고
환상 특급이 끝나도
중세의 암흑기 지층에 묻힌 집에서는 간간이 뽕짝이 흘
러나왔지

낮은 지붕에선 밥 짓는 연기가 오르네
내가 지은 저녁밥 내가 갈아 놓은 연탄재 유물처럼 누워

있는 식구들

아주 오래전
헐크가 탱크를 부수던 어느 날
중년의 제시카가 요목조목 범인을 밝혀내던 추리 극장
을 보며
삶의 비의에 대해 온갖 추리를 해 보았지만
그녀는 여전히 춤을 추고 있었지

X파일에나 기록될 기괴한 연대기를 거치면서
저 먹구름도 비를 다 뿌려야 사라지는 게 아니라
거센 바람이 몰아쳐야 물러선다는 이치를 알면서도
속으로 속으로 삭힌 채 이천오백오십오 일의 이야기도
막을 내렸지
다음 이야기 때문에 생존할 수 있었던 외화 시리즈와 함께
천일야화를 이어 붙이며 근근이 살아온 세월

지붕을 뒤덮은 은행나무 파고든 뿌리에 간신히 서 있는
집 이젠 무너진 담장으로 개구리 뱀 따위가 드나들어도 쫓

는 이 없는 폐가에선 치맛바람도 일지 않고 테이프 지직거리는 경음악도 트는 이 없다 빙글빙글 춤추는 그녀가 그래도 빙글빙글 돌며 변신하는 원더우먼을 닮았다고 말하고 싶었지만 차마 들추고 싶지 않은 지붕 한 채의 숲이 되어버린 폐가를 지나칠 때면 영화에서처럼 어디선가 가냘프게 쿵짝거리는 음악이 들려온다 밤하늘 별 여전히 돌고 하시절도 온통 뒤범벅되어 돌아가고

달과 만리장성

하룻밤 만리장성을 쌓는다 새벽에 이르러
귀뚜라미 울음소리는 높아 가는 돌담 사이에 꽂혔다
그때마다 우린 웃었다 이윽고
고요한 산비탈에 가끔 달빛 구르는 소리만 들렸다
소리는 사라지지 않고
창가에 붙어 결코 떨어질 줄 몰랐다
먼동이 터오를 때까지 어쩔 줄 몰라 하는
하염없이 높아만 가는 만리장성이
달에서도 얼핏 보인다고 했다
달이 뜨면 썰물 지고 개펄은 송두리째 밑바닥을 드러낸다
달이 기울면 찰랑이는 파도에 해안선은 제정신을 잃는다
서산에 질펀하게 걸려 기웃거리는 달
달 그늘 아래에선 여전히 달맞이꽃들이 웃고 있다

눈을 부르는 나무

춘삼월 산수유 텅 빈 가지에 예년 피었던 꽃은 다시 찾
아올까
찾아와 연노랑 꽃 치마 펼치고 다소곳이 앉을까

그녀 다시는 오지 않았다
하늘이 먹먹해지고 계곡에는 뼈에서 흘러나오는 듯한
바람 소리 차오르는데

흩날리는 눈가루 저마다 길을 헤매느라 지상에 쉽게 내
려앉지 못한다

길을 잃었다면 손짓을 따라오오
내 부르는 거친 숨소리 듣지 못했다면 움트는 온기를 쫓
으오

보일 리도 찾을 리도 만무하련만
산수유 여윈 가지 사이에 메마른 눈길 걸어 놓는다

하염없이 내리는 눈

언젠가 꽃눈으로 피어날 눈
그리울 적마다 소스라치듯 내리는 눈

사물의 시간과 육체의 시간

함돈균(문학평론가)

어느덧 윤의섭의 네 번째 시집이다. 그의 이번 시집을 이야기하려면, 죽음을 일상으로 살았던 그의 지난 시력에 대해 먼저 이야기하지 않을 수 없다. 그는 몰락한 해안에 밀려오는 검푸른 바닷물에서 죽은 자들의 육수(肉水)를 보고(「屍靈」) 어릴 적 동리의 이웃들이 집 근처 저수지에서 익사한 친구들 여럿의 살 국물을 떠먹고 살았다고 회상했던 시인이다.(「남사박」) 그에게 죽음은 집 앞에 배달되는 우유 배달원의 죽음만큼이나 지척에 있고(「제7의 봉인」) 때로 죽음은 죽지 않고 "그냥 거기 있"으며(「사라지지 않아 흘러넘치는 묘지」) 그렇게 산 것은 산 것대로 또한 거기에 있다.(「적멸궁」) 가난한 삶이 사납고 굶주린 죽음을 통해 삶의 궁핍한 형세를 벗어나기도 하고(「축생계」) 주체는 이미 제가 죽은지도 모르는 채로 일상의 삶/죽음을 지속하며(「죽음 이후」) 이미 죽은 삶은 기묘한 기시감 속에서 과거와 현재, 미래에 영구 회귀한다.(「城」) 아주 드물게 그 죽음은 사르트르적 부조리극을 연출하기도 하나(「인육」) 대체로 그 모습은 익숙하지도, 그렇다고 전적으로 낯설지도 않은 '반쯤의 타자' 형상을 하고 있다.(이상 『말괄량이 삐삐의 죽음』에서) 벌써 꽤 시간이 흘렀지만 그의 첫 시집에서 본 어떤 이미지들은 아직도 뇌리에 선명하다. 죽음을 제 곁에 두고 사는 시인도 많지는 않으나, 아득하면서도 얄팍한 삶과 죽음 사이의 거리를 그 정도로 인상적으로 보여 주는 경우 역시 흔치 않았기 때문이다. 다음과 같은 장면이 그러하다.

혼자 살던 할머니가 방에서 목을 매었다

발끝과 방바닥 사이는 한 뼘이 남아 있었다

영원히 닿을 수 없는 거리를

천장에서 몸으로 이어 내려 봤자

발붙이지 못하는 게다

댓잎이 창문에 비쳤다

그 날렵한 잎날은 눈이 달렸는지

머리맡에서 정확히 겨냥하고 있었다

나는 창문에 비친

칼을 들고 서 있는 한 사람의 손목을 본다

—「다가올 나날이 나를 기다린 채 먼지로 앉아 있겠지」,
『말괄량이 삐삐의 죽음』에서

두 번째 시집인 『천국의 난민』에서 죽음은 현세적 공간의 설화적 변용을 통해서 '시간'의 문제로 확장되었고, 이는 이후 그 시의 주된 형체를 이루었다. 이 시집에 실린 여러 시들에서 현세의 공간을 채우고 있는 다양한 사물들이 현재의 기억뿐만 아니라 미리 "먼 훗날을 새겨 넣고" 있음으로 인해(「물의 默示」) 현재는 미래 속에서 미리 산 과거가 되며, 과거는 현재 진행형인 것으로 기시감 속에서 반복된다. 꿈과 현실이, 타인의 꿈과 나의 꿈이, 과거의 기억과 현재의 체험과 미래의 예감이, 그리고 한 세대의 공간 밑에 다른 세대들이 거대한 카타콤을 이루며 경계 없이 혼용되는 변용이 일어남으로써, 일상은 설화가 되고 시공간은 중층의 동시적 두께를 지닌 신화적인 것이 된다. 이 시집에 붙은 해설은 이를 일컬어 '시간의 미궁'이라고 표현하였다.(오형엽, 「시간의 미궁」) 그러나 어떤 측면에서 볼 때, 정작 미궁인 것은 시간 자체가 아닐지 모른다. 미궁인 것은 유일한 것으로서 현재성의 신화에 집착하고, 가시적인 것으로의 사물 세계에 포박된 채 미망의 일상을 사는 우리일 수 있다. 시인이 보기에 세계는 불생불멸(不生不滅)이기 때문이다. 죽는 것이 없고 나는 것도 없으므로 세계는 지속된다. 그러므로 정확히 말해 과거-현재-미래의 경계는 불생불멸의 세계 속에 없다. 궁극적인 차원에서 그것은 나지도 죽지도 않는 어떤 원형적인 세계 에너지의 지속을 의미할 터이다. 지속되는 세계의 원형적 에너지 속에서 만상은 다만 다른 몸을 통해 제 몸을 구부리고 변용할 뿐이다. 그의 시에서 삶과 죽음이 공속하는 이미지들이 넘쳐나고,(예컨대 "한밤중엔 장맛비가 몰려온다/ 불빛을 향해 돌진하다 새벽에 힘없이 쓰러져 간다/ 잠들었던 눈들은 아침이면 일제히 죽음처럼 눈을 떴고/ 조금 후엔 눈송이가 흩날린다/ 어디선간 삼천 년 만에 우담화가 피고/ 지금까지 없던 기억이 사람들에게 생겨나기도 한다"—「相生」) 하나의 꿈이 다른 꿈속에서 다시 변주되며, 타인의 기억이 나의 기억과 뒤섞인 채 몇 번을 이미 산 것 같은 기시감 속에서 반복되고, 현재에 미래의 시간을 미리 사는(살) 듯한 체험을 하는 것은 모두 이러한 불생불멸의 세계에서 일어나는 존재의 변전에 대한 시인의 예감 때문이다. 그렇다면 이따금 시인이 귀신의 눈으로 보고 말하는 것(「귀신, 그 쓸쓸함에 대하여」)을 기이하게 여길 필요가 있을까. 귀신이란 다만 우리가 잊었을 뿐인 불생불멸의 한 존재가 아닌가. 시인은 보이지 않는 에너지와도 감응하는 자다. 그러므로 우리는 그의 시가 보여 주는 이미지나 관념들을 특별한 형이상학이나 종교적 차원으로 이해하기보다는, 시인 특유의 시적 예감과 감응의 차원에서 해석하는 것이 나을 것이다. 뒤집어 말해, 비가시적 세계의 에너지에 대한 시인의 독특한 예감과 감응을 형이상학적 시간관으로 관념화할 수 있었다는 데에 지금까지의 윤의섭 시는 자리하고 있다. 그러나 이러한 관점이 독자들에게 여전히 조금은 신비주의적이고 미심쩍은 데가 있다면, 우리에게 익숙한 다른 방식으로 이를 바꿔 말할 수도 있겠다.(이상 『천국의 난민』에서)

윤의섭은 그의 세 번째 시집 『붉은 달은 미친 듯이 궤도를 돈다』의 시인의 말에서 "잊을 수 없는 기억이 있었다면 당신은 영원했던 것입니다"라는 말을 현재형으로 바꾸면 "불생불멸이 곧장 떠올라야 한다"라고 말한다. 소멸하는 것은 다만 기억일 뿐이다. 시간과 공간과 그 시공간을 채우고 있는 사물들의 기억 속에서 생은 나지도 죽지도 않는다. 시인이란 사물들의 기억들로 가득 찬, 이른바 근원적 세계 시간이라고 할 만한 원형적 세계 안에서 사물과 타인의 꿈을 제 꿈으로 꾸며 사는 자가 아닌가. 꿈꾸는 한, 기억하는 한, 사물의 에너지를 몸속에 새기는 한, 세계는 시인의 말 속에서 불생불멸이다. 그러므로 시인의 예감과 감응이란 그가 기억하는 자라는 뜻 외에 아무것도 아니다. 시인은 그러한 기억 속에서 여러 시간을 동시에 산다. 시인이 "내가 이 해안에 있는 건/ 파도에 잠을 깬 수억 모래알 중 어느 한 알갱이가 나를 기억해 냈기 때문이다"라고 말하면서 "갑자기 나타난 듯 발자국은 보이지 않고/ 점점 선명해지는 수평선의 아련한 일몰"을 대면하게 될 때(「꿈속의 생시」), 혹은 "내 곤두선 살갗만 일억오천만 킬로미터 밖에 떠 있

는 항성을 기억할 뿐이다"라고 말하며 "설원에 낯선 문자
가 써 있어/ 가까이 가 보니 허리 구부러진 무지개였다"(「雪
國」)라고 말할 때, 시인의 기억이 세계의 어떤 소멸되지 않
는 원형과 만나고, 그런 식으로 몇 겹의 시공간, 사물의 시
간을 동시적으로 살게 되는 것도 이 때문이다. 그리하여 시
인의 잠재적이고 중층인 기억 속에서 여전히 "하염없이 이
어진 눈길 위로 붉은 달은 미친 듯이 궤도를 돌고 있"(「눈
길」)는 것이다.(이상 『붉은 달은 미친 듯이 궤도를 돈다』에서)
　이번 시집이라고 하여 이러한 의미의 '예감-기억'이 존재
하지 않는 것은 아니다. 다음과 같은 시를 보자.

　　예전에는 이쯤에 버드나무가 수런거렸다
　　징검다리에 앉아 빨래하던 여인네들
　　하늘빛에 하염없이 무명을 비추곤 헹구고
　　이렇게 다 사라지고서야 흘러넘치는 개울처럼 복받치는
　　추억

　　사람들이 비에 대한 기억을 잊고서야 비가 쏟아졌다
　　산벚나무 꽃잎이 흩날려 모조리 부토가 되는 순간 다시
　　산벚꽃 화들짝 피어난다
　　책을 읽다 환상이란 걸 망각하면 달은 흰 자작나무 숲으
　　로 뒤덮이고
　　길을 걷다가도 문득 전생이 떠오르면 그대에게서 나는 지

워진다

이제 밤새워 비가 내릴 것이다

예감은 늘 없던 기억을 만들어 낸다

―「生滅」에서

이 "다 사라지고서야 흘러넘치는 개울처럼 복받치는 추억"은 단지 회고라고 말하기 어렵다. 시간과 공간에 대한 "흘러넘치는" 기억은 시인에게 생생한 현재이기 때문이다. 소멸한 사물의 시간을 현재로 사는 시인에게 기억은, 그러므로 지금은 망각된 타인의 꿈과 세계의 전생을 현재로 사는 일과 다르지 않다. 그래서 사람들이 "기억을 잊고서야 비가 쏟아졌다"라는 구절은, 타인들이 망각한 기억을 시인만이 생생한 현재로("비가 쏟아졌다") 살고 있다는 뜻으로 풀어 읽을 수 있으며, 그렇게 시인의 기억은 타인의 전생이기도 하고, 사물들의 원형적 시간이기도 한 것들과 만난다. "이제 밤새워 비가 내릴 것이다/ 예감은 늘 없던 기억을 만들어 낸다"라는 구절은 그렇게 타인에게 망각된 기억이기도 하고 그래서 전생이기도 한, 하지만 시인에게는 생생한 현재로서의 기억이 다시 기묘한 기시감 속에서 미래의 예감으로 불러일으켜지는 어떤 회귀의 순간을 보여 준다. 그런 차원에서 시인에게 기억은 이미 꾸었던 꿈이자 언젠가는 도래할 오래된 미래이다. 그리고 여기에서 시인은 달과 흰 자작나무 숲과 비와 같은 근원적 세계 시간 속에

145

서 과거와 현재와 미래의 모든 시간들을 경계 없이 허무는 원형의 이미지들과 만난다. 삶과 죽음이 공속하는, 혹은 하나로 이어지는 저 이미지 "산벚나무 꽃잎이 흩날려 모조리 부토가 되는 순간 다시 산벚꽃 화들짝 피어난다"라는 구절은 그런 의미에서 불생불멸의 이미지다. 원형의 시간 속에서 사물들의 에너지는 존재의 형상을 유전시킬 뿐 나지도 죽지도 않는다. 시인의 예감이란 그 불생불멸을 같은 형식으로 보존하는, 그러나 "늘 없던 기억"의 한 방식이다.

　　일 초에 오 센티미터
　　벚꽃 떨어지는 속도

　　일 초
　　멀리서 바람 우는 소리 신산하다 겨우내 눈은 하늘로 솟아올랐다 도처에 꽃이 피었지만 애초부터 시든 적도 진 적도 없었다 사람이 피고 졌을 뿐 나비 날개 스쳐 가고 달빛만이 영글었을 뿐 다만 어느 밤엔 여태껏 빛나던 별이 죽어 보이지 않고 만났던 얼굴 도무지 떠오르지 않고 곤한 낮잠 깨어보니 겨우 일 초만 흘러간 봄날

　　이 초
　　오래된 구름은 조각달이 되고 오래 날던 비행기는 영혼이 되고 오래 비추던 햇살은 한 사람이 되고 오래 슬픈 이는 술

독이 되고 오래 바라보는 것만으로도 바람은 벚꽃나무가 된
다 이제 이 초

(……)

영원히 착륙하지 않는 꽃잎의 비행
그사이 봄은 지나가고 흐드러진 눈꽃만이 떠다니네
(……)

—「꽃잎의 비행」에서

인간의 시간 속에서나 "사람이 피고 졌을 뿐" 근원적인
세계 시간 또는 사물들의 시간에서 볼 때, 세계는 "애초부
터 시든 적도 진 적도 없었다". 원형의 에너지들은 다만 존
재를 구부리고 변용하여 스스로 그러하게 '있을' 뿐이다.
"일초에 오 센티미터/ 벚꽃 떨어지는 속도"에 존재의 무한
한 변전이 있으나, 그것은 또한 "영원히 착륙하지 않는 꽃
잎의 비행"처럼 무한히 회귀하고 지속되는 에너지이다. 일
회적인 시간, 시간의 시간성이 망각된 평면적 시간 지평 위
에 사는 세인들과는 달리 사물들의 시간, 원형의 시간을
사는 시인에게 시간은 찰나이자 영원이다, 불생불멸이다.
이 찰나이자 영원한 시간 속에서 타인의 전생과 시인의 이
생, 그리고 만상의 후생은 하나로 포개진다. 이번 시집의
표제작이기도 한 어느 자전적 시에서 시인은 이 시간들 속,

그가 진정으로 대면하고 싶은 세계를 다음과 같은 이미지
로 보여 주고 있다. 그것은 시인이 현재에 시인으로서 존재
할 수밖에 없는 까닭과 앞으로도 여전히 시인일 수밖에 없
는 까닭을 역설적인 형식으로 드러낸다.

책을 꺼내 들자
책장에 꽂혀 있는 다른 책들이 움찔 놀란다
구석에서 늙어 가던 잡지는 비명을 질러 댔다
이 책은 펼치지 말아야 한다

먼 길 떠나온 여행자처럼 지쳐 며칠을 잠들었다 깨어난다
언제 켰는지 모를 형광등 불빛의 세례를 받으며 깨어난다 그
새 나는 사막을 거치지 말았어야 했다 바람을 마시지 말았
어야 했다 새벽 네 시에 홍차를 우려내거나 고독해지고 있다
여전히 새벽 네 시에 거대한 비행기가 굉음을 울리며 날아간
다 박물관의 유물치곤 아직 살아 있는 듯하다 오늘 밤에 유
성우가 쏟아진다고 했지만 소원은 잊어버렸다

나는 다시 책장에 들어앉는다 내 안 어딘가에 한없이 푸
른 지평선이 펼쳐져 있고 조금 더 넘기면 지금은 생몰한 첫
번째 달이 떠 있고 기화요초 가득한 정원이 씌어 있는 이 낙
원은 아직 발견되어선 안 된다 밀교에 바치는 제물처럼 영원
한 침묵의 봉인 속에 묻혀 있어야 한다 지금은 때가 아니다

내가 바라보는 세상은 사각형의 벽면과 시간의 끝에 서
있는 희미한 그림자
늘 먼지로 부서져 내리는 몸과 곧바로 사라지는 혼잣말
겁에 질린 채 곤두선

—「魔界」

"펼치지 말아야" 하는 "이 책"은 각성된 의식의 표면을
지나 내면의 심층 속에 잠재된 어떤 세계다. 시인은 "먼
길 떠나온 여행자"를 자처하며 자신의 생이 "사막"과 "바
람"을 거쳤다고 말하지만, 이 지친 여행의 삶에도 불구하
고 여전히 건재한 이 책과 책장 속의 책의 존재는 이 책
에 대한 시인의 열망의 크기를 짐작하게 하고, 그것은 무
엇으로도 훼손될 수 없는 시인의 시적 원형이 존재함을
증거한다. 그 원형의 이미지들은 "한없이 푸른 지평선",
"생몰한 첫 번째 달", "기화요초 가득한 정원" 등과 같이
다소 낭만적인 형상으로 드러나지만, 여기서 주목할 점은
그것의 낭만성 유무가 아니라 매번 죽음을 곁에 두고 사
는 듯한 시인의 시적 원형이 실은 생생하게 살아 있는 것
들의 이미지들과 관계하고 있다는 사실이다. 그리하여 시
인의 시에 나타난 지금까지의 타나토스는, 생생히 살아
있는 것들을 향한 열망의 굴절되고 은폐된 형식이었다는
가설이 또한 가능하게 된다. 그러나 역설적으로 말해 이
원형은 쉽게 찾아져서는 안 될 것이기도 하다. 그것은 일

종의 순수한 성적 향유(jouissance)와 비슷한 것으로서 끝없이 유예될 수밖에 없는 어떤 것이다. 순수한 성적 향유가 언술로 표현될 수 없고 주체의 무의식에 상실된 어떤 것으로서 찾아야 할 미래완료적 선물처럼 인지되듯이, 시인이 책 속의 원형적 페이지와 대면("발견")하는 일은 책 읽기의 끝을 의미하는 것으로서, 더 이상 책 읽기의 열망을 지속시킬 수 없음을 의미하는 일이 될 것이기 때문이다. 타인의 꿈과 사물들의 흔적을 제 보물로 여기며 더듬는 시인의 기억은 따라서 "제물처럼 영원한 침묵의 봉인 속에 묻혀 있어야 한다". 그러므로 원형의 페이지에 도달하지 못하는 이 유예된 책 읽기의 시간들, 봉인 속에 묻힌 원형의 것들에 대한 흐릿한 기억의 시간들 속에서만 시인은 꿈꿀 수 있고 시를 쓸 수 있다는 역설이 성립한다. "영원한 침묵의 봉인"과 그것을 꺼내 읽고자 하나 읽을 수 없는, 혹은 읽기를 무의식적으로 회피하는 기묘한 욕망의 패러독스에서 시 쓰기가 발생한다. 그렇다면 시란 (이미) 씌어진 책과 그 책의 핵심적 페이지에 도달하려는 시인의 책읽기 사이의 간극이라고 해야 하지 않을까. "사각형의 벽면"과 "희미한 그림자", "먼지로 부서져 내리는 몸"과 "곧바로 사라지는 혼잣말"과 같은 시간의 사막에서 시인은 그렇게 기묘한 패러독스에 사로잡혀 있다. 물론 이 패러독스는 현대 시인의 탄생을 알렸던 저 고색창연한 낭만주의 시대의 한 풍경을 기시감 속에서 반복하고 있으나, 이야말로 현대 시인의 실존을 드러내는 원형적 풍경의 하나라고밖에 할 수 없다. 이 패러독스 내에서만 시인은 현재의 시인이고, 미래에도 여전히 시인일 수 있기 때문이다. 이 기묘한 실존적 시 공간을 시인은 스스로 '마계(魔界)'라고 부른다.

그러나 "내겐 무슨 일이 일어나고 있을까?"(「해안으로 가는 먼 길」) 지금까지의 이야기가 그의 시력과 관련하여 대체로 연속성에 관련된 것이라면, 이제 글을 맺기 전에 간략하게나마 언급하지 않을 수 없는 이야기는 지금까지의 이야기와는 모순된다고 할 만큼 다른 것으로 보이는 그의 시적 형상들에 관한 것이다. 다시 말해 이 시집에는 윤의섭 시의 전매특허라고 할 만했던 독특한 시간 이미지와는 다른 이미지들이 혼재하며, 어쩌면 이 이미지들이야말로 그 시가 변모해 가는 현재의 새로운 대세를 보여 주는지도 모르겠다. 아마도 전체적으로 보아 가장 눈에 띄는 것은 '허무'의 이미지라고 해야 할 것이다.

윤의섭의 이번 시집 전체에 넓게 퍼져 있는 '허무'의 이미지는, 얼핏 보면 이전 시집들에서 그가 천착했던 죽음의 문제와 비슷한 세계관을 공유하고 있는 듯이 보이지만, 실은 상당히 다른 '형이상학'에서 비롯된 것이다. 이는 이전의 시집들과는 다른 방식의 시간 체험이 이 시집에 도입되어 있다는 뜻이기도 하다. 죽음을 탐색한다는 것과 허무를 느낀다는 것은 전혀 다른 차원의 것이다. 전자가 '모르는 세계에 대한 열망'과 관련된다면, 후자는 '이미 아는 자의 정서'와 관련된다. 타인의 꿈과 사물의 시간들이 아직 겪지 못했던 미래완료적 '기억-예감'의 시간성으로 시인에게 삼투되었던 전작 시집들과 달리, 이번 시집의 많은 시들은 현저히 시인 자신의 육체적 시간들에 바쳐지며, 그 경우 대개의 풍경은 타자의 것이 아니라 시인 자신의 것에 속한다. 시인 자신이 이미 겪은 체험의 시간들 속에서 허무는 물음의 형식이 아니라 독백의 형식으로 진술된다. 비록 괴괴하다고는 하나 이 시집에 나타난 많은 시적 풍경이, 비교적 주체의 또렷한 소실점을 통해 풍경의 프레임을 구성하는 서정시 일반의 시작 방식에 더 가까워졌다고 말할 수밖에 없는 것도 이런 맥락에서다. 물론 시점이 세계에서 주체로 바뀌었으므로 시간관도 변화한다. 사물과 더불어 원형적인 세계 시간을 살던 시인이 자신의 육체적 생장점을 직시하고 현재의 시간으로 돌아온 것이다. '신화적' 시간에서 빠져나와 육체의 물리적 시간으로 돌아온 것이 시인에게 충격을 준 탓일까? 세계의 시간은 걷잡을 수 없이 소멸을 향해 빠르게 치닫고, 다른 사물의 몸을 통해 변전하지도 않으며 영원으로 회귀하지도 않는다. 이 육체의 풍경에는 그리하여 자주 시인의 짙은 멜랑콜리가 드리워지곤 한다. 그만큼 자신으로부터 비롯된 육체의 시간을 대면하는 시인의 충격이 크다는 뜻이다. 다음 시를 보자.

저녁과 밤의 국경에 노을이라는 짐승이 산다
송장 같은 달이
미리 온 장의사처럼 멀찌감치서 맴돈다
노을은 비극이다

(……)

초로의

국경에 어느덧 들어선 것이다 언젠간 노을이 된다는 것이
다 때론 먹장구름에 갇혀 흐느끼는 소리 제 귀로만 들어야
하고 상처에 흐르는 선혈 제 눈으로만 봐야 하고 속에 천불
도 심장으로만 태워야 하는 날도 있다는 것이다 어떻게든 우
리를 벗어날 묘수가 보이지 않는 것이다 생매장은 혼자만의
일이 아니라는 거다

(……)

—「노을의 吼」에서

"송장 같은 달이/ 미리 온 장의사처럼 멀찌감치서 맴"
돌 때, 노을의 죽음은 이미 예약된 것이다. 시인은 그것을
비극이라고 부른다. 이것이 비극인 까닭은, 지금까지의 시
적 관점과는 달리 한 사물의 시간은 다른 사물의 몸을 통
해 유전하지도 않으며 소멸하는 것은 소멸할 뿐이라는 시

인의 생각 때문이다. 그러니 정확히 말해 "노을은 비극"이
라는 언술은 노을의 것이 아니라 시인의 것일 터이다. "미
친 듯이 궤도를 도는" 근원적 세계 시간과 감응하던 윤의
섭의 탈인간주의적 시는, 이런 방식으로 탈타자화된 시로
돌아온다. "초로의/ 국경에 어느덧 들어선" 시인에게 노을
은 그의 모습으로 비친다. 시인도 "언젠간 노을이 된다".
사물들의 시간과 타인의 전생이 더 이상 '예감-기억'의 방
식으로 변전/회귀하지 못하는 육체적 시간 속에서, 더욱
이 "어떻게든 우리를 벗어날 묘수가 보이지 않는" 물리적
시간에 대한 인지 속에서, 시인에게 삶이 "잿더미"가 되
며 소멸의 운행을 벗어날 수 없는 숙명적인 비극으로 인식
되는 것은 이제 불가피해 보인다. 시인이 "나를 사랑했던
자작나무는 허연 뿌리를 드러낸 채 말라 갈 것이다"(「안개
숲」)라고 말할 때, "가로수 잘려 나간 밑동 위에 신기루처
럼 서 있는 나무를 발견할"(「무반주 첼로를 켜는 나무」) 때,
혹은 "잊어버린 지상에서의 한때를 더듬다 희미한 미소를
지으며 사라져"(「구름의 율법」) 가는 구름을 보고 있을 때,
우리가 이 모든 풍경에서 확인하는 것은, 그러므로 나무
나 구름이 아니라 초로의 국경에 접어든 시인 자신의 육체
이다. 그 육체를 바라보는 시인의 시선 속에 그늘이 깃들
고 거기에서 허무가 발생한다. 그러므로 이 시집의 허무는
사물들의 시간, 세계의 원형적 시간으로부터 막 빠져나온
'인간 된 자'의 어쩔 수 없는 두려움과 우울이 뒤섞인 멜

랑콜리의 일종이라고 해야 할 것이다. 그리고 다음과 같은 시에서 이 허무-멜랑콜리는 한 편의 극적인 드라마를 이루기에 이른다.

한밤중의 국도 주검처럼 서 있는 가로수
전조등 비치는 만큼의 가시거리 너머 단단하게 아문 어둠의 터널
현생을 빨아들이는 저 끝없는 궁륭

1
길 가는 내내 비가 내린다
한걸음 내디딜 때마다 뒤에서 철창 닫히듯 내리 꽂힌다
되돌아가는 길은 몇 번이고 마감된 것이다
절벽에 몰린 양들은 떼 지어 바다로 뛰어든다
바다 위로 비는 하염없이 셔터를 내린다

(……)

4
모래 언덕 위에 키 작은 나무가 서 있다
가끔씩 바람에 가지를 떨기도 하고
고운 꽃송이도 매달려 있어 건드려 보니
툭 목이 떨어진다

소금바람에 나무는 꼿꼿이 선 채 말라 죽은 것이다

네게 무슨 일이 있었던 거냐

—「해안으로 가는 먼 길」에서

　시인이 본 생의 길은 "현생을 빨아들이는 저 끝없는 궁
릉" 속으로 치닫는 일이다. 길 가는 내내 뒤로는 "철창" 같
은 비가 내리 꽂히고, 되돌아가는 길은 이미 "마감"되어 막
혀 있다. 생의 길에 나선 우리는 결국에는 바다로 뛰어들
숙명에 처한 "절벽에 몰린 양들"이다. "고운 꽃송이"를 달
고 있는 나무는 이미 죽어 있는 나무다. 나무는 죽음으로
제 자신을 말라붙게 하는 "소금바람"을 피할 수도, 맞서 싸
워 이길 수도 없다. 아가리를 열고 선 "어둠의 터널"로 집어
삼켜지는 육체의 운명은 불가피할 뿐만 아니라 결코 역으
로는 전화되지 않는 엔트로피적인 것이다. 한 죽음이 다른
삶으로 몸을 구부리고 변용되는 다른 시간 차원들간의 존
재 연관은 여기에서 끊어지고 없다. 이즈음 시인은 나무에
게 묻는다. 물론 그 물음은 시인 자신을 향한 물음이다. 도
대체 "네게 무슨 일이 있었던 거냐". 사물-세계의 원형적
시간이 사라진 자리에는 이렇게 육체의 죽음이라고 하는
엔트로피적 시간의 화마(火魔)만이 또렷하게 남았다. 그 화
마를 직시하는 지극히 '인간된 자'의 시선에서 허무가 발생
한다. 궁금한 것은 앞으로의 시인의 행로다. 이 화마에 시
인의 '魔界'가 온전히 보존될 수 있을까? 어떤 형상으로 말

인가? 윤의섭의 범상치 않은 시력에 이 시집은 중요한 분기
점이 될 것으로 보인다.

윤의섭

1968년 경기도 시흥에서 태어나 아주대학교 국문과를 졸업하고
동 대학원에서 박사학위를 받았다. 1994년 《문학과 사회》로 등단했다.
시집 『말괄량이 삐삐의 죽음』, 『천국의 난민』, 『붉은 달은 미친 듯이 궤도를 돈다』가 있다.
2009년 애지문학상을 수상했다. 현재 '21세기 전망' 동인으로 활동 중이며
아주대학교 연구교수로 재직 중이다.

마계

1판 1쇄 찍음 · 2010년 3월 15일
1판 1쇄 펴냄 · 2010년 3월 19일

지은이 · 윤의섭
발행인 · 박근섭, 박상준
편집인 · 장은수
펴낸곳 · (주)민음사

출판 등록 1966. 5. 19. 제16-490호
서울시 강남구 신사동 506번지 강남출판문화센터 5층 (우)135-887
대표전화 515-2000 / 팩시밀리 515-2007
www.minumsa.com

❖ 이 책은 2008년 한국문화예술위원회 문학창작지원금과
2009년 경기문화재단 문학창작지원금을 받아 출간되었습니다.